LA FACTURE
DES FAUSSAIRES

DANS LA MÊME SÉRIE

1. *Opération Astrée*
2. *La Terre a peur*
3. *La Milice des mutants*
4. *Bases sur Vénus*
5. *Les vainqueurs de Véga*
6. *La forteresse des Six Lunes*
7. *La quête cosmique*
8. *Les glaces de Gol*
9. *Le traître de Tuglan*
10. *Le Maître des mutants*
11. *Le piège à pirates*
12. *L'empereur de New York*
13. *L'étoile en exil*
14. *Mutants en mission*
15. *L'offensive d'oubli*
16. *A l'assaut d'Arkonis*
17. *La menace des Moofs*
18. *La planète piégée*
19. *Les méduses de Moofar*
20. *Les grottes de Gom*
21. *La bataille de Bételgeuse*
22. *L'amiral d'Arkonis*
23. *Le sérum de survie*
24. *Le spectre du surmutant*
25. *Les exilés d'Elgir*
26. *L'invasion des Invisibles*
27. *Le poids du passé*
28. *La citadelle cachée*
29. *Les traquenards du temps*
30. *Délos a disparu*
31. *L'agonie d'Atlantis*
32. *La moisson de Myrtha VII*
33. *Les soleils de Siamed*
34. *L'errant de l'éternité*
35. *La revanche du Régent*
36. *Recrues pour le Régent*
37. *Le prix du pouvoir*
38. *La déroute des Droufs*
39. *Rhodan renie Rhodan*
40. *L'immortel et les Invisibles*
41. *Les Métamorphes de Moluk*
42. *L'arche des aïeux*
43. *Alerte aux Antis*
44. *Le caboteur cosmique*
45. *La flotte fantôme*
46. *Le barrage bleu*
47. *Le désert des décharnés*
48. *Opération « Okal »*
80. *Guérilla sur Greendoor*
81. *Pas de retour pour Rhodan*
82. *Les soldats stellaires*
83. *Mulots en mission*
84. *La fin de la fuite*
85. *Péril sur Plophos*
86. *Le déclin du dictateur*
87. *Arkonis assassiné*
88. *A l'assaut d'Andromède*

89. *Planète de pénitence*
90. *Les gardiens des galaxies*
91. *La guerre du gel*
92. *Héros de l'Horreur*
93. *Microcosme et Macrocosme*
94. *Les pyramides pourpres*
95. *Le triscaphe titanesque*
96. *Le péril surgi du passé*
97. *Téléporteurs dans les ténèbres*
98. *Les condamnés du Centre*
99. *La cinquième colonne*
100. *Les Coureurs d'ondes de Chrystal*
101. *Invasion interdite*
102. *L'armada akonide*
103. *Les astéroïdes d'Androbêta*
104. *Le satellite secret*
105. *La débâcle des Deux-Nez*
106. *Les sœurs stellaires*
107. *La ville vitrifiée*
108. *Le Monde des Marais*
109. *La sphère spatio-temporelle*
110. *La station de Saar Lun*
111. *Le messager des Maîtres*
112. *L'Ingénieur intergalactique*
113. *La revanche des Régénérés*
114. *L'être d'Emeraude*
115. *Tempête sur Téfrod*
116. *Les mercenaires des Maîtres*
117. *Le robot qui rit*
118. *La machine de Multika*
119. *Le transmetteur temporel*
120. *Les temples de Tarak*
121. *L'agent atemporel*
122. *L'Emir et l'éternité*
123. *Les transmuteurs de Tanos*
124. *Le seigneur de Sadlor*
125. *Le sarcophage stellaire*
126. *La piste parapsychique*
127. *La facture des faussaires*

89. *Planète de pénitence*
90. *Les gardiens des galaxies*
91. *La guerre du gel*
92. *Héros de l'Horreur*
93. *Microcosme et Macrocosme*
94. *Les pyramides pourpres*
95. *Le triscaphe titanesque*
96. *Le péril surgi du passé*
97. *Téléporteurs dans les ténèbres*
98. *Les condamnés du Centre*
99. *La cinquième colonne*
100. *Les Coureurs d'ondes de Chrystal*
101. *Invasion interdite*
102. *L'armada akonide*
103. *Les astéroïdes d'Androbêta*
104. *Le satellite secret*
105. *La débâcle des Deux-Nez*
106. *Les sœurs stellaires*
107. *La ville vitrifiée*
108. *Le Monde des Marais*
109. *La sphère spatio-temporelle*
110. *La station de Saar Lun*
111. *Le messager des Maîtres*
112. *L'Ingénieur intergalactique*
113. *La revanche des Régénérés*
114. *L'être d'Emeraude*
115. *Tempête sur Téfrod*
116. *Les mercenaires des Maîtres*
117. *Le robot qui rit*
118. *La machine de Multika*
119. *Le transmetteur temporel*
120. *Les temples de Tarak*
121. *L'agent atemporel*
122. *L'Emir et l'éternité*
123. *Les transmuteurs de Tanos*
124. *Le seigneur de Sadlor*
125. *Le sarcophage stellaire*
126. *La piste parapsychique*
127. *La facture des faussaires*

K.-H. SCHEER
et CLARK DARLTON

LA FACTURE
DES FAUSSAIRES

PERRY RHODAN — 127

FLEUVE NOIR

Titres originaux :
DIE BEZWINGER DER ZÜT
DIE WELTRAUM DETEKTIVE GREIFEN

*Traduit et adapté de l'allemand
par Jeanne-Marie GAILLARD-PAQUET*

Le Code de la propriété intellectuelle n'autorisant, aux termes de l'article L. 122-5, 2° et 3° a), d'une part, que les « copies ou reproductions strictement réservées à l'usage privé du copiste et non destinées à une utilisation collective » et, d'autre part, que les analyses et les courtes citations dans un but d'exemple et d'illustration, « toute représentation ou reproduction intégrale ou partielle, faite sans le consentement de l'auteur ou de ses ayants droit ou ayants cause, est illicite » (art. L. 122-4). Cette représentation ou reproduction, par quelque procédé que ce soit, constituerait donc une contrefaçon sanctionnée par les articles L. 335-2 et suivants du Code de la propriété intellectuelle.

© 1997 Éditions Fleuve Noir
ISBN 2-265-06124-7

PREMIERE PARTIE

CHAPITRE PREMIER

Bien qu'il eût été en mesure de filer à plusieurs fois la vitesse du son, le lourd turbo-glisseur de construction lémurienne se contentait de survoler paresseusement la ville tentaculaire, comme si ses onze passagers — huit Terraniens, un Arkonide et deux Lémuriens — n'avaient pas à compter avec le temps.

Or, la réalité était tout autre : cinquante mille ans séparaient les huit Terraniens et l'Arkonide de leur temps réel, et ils se trouvaient à une distance non moins fantastique de leur planète d'origine : un million quatre cent cinquante mille années-lumière (une année-lumière étant égale à neuf mille quatre cent soixante-trois billions de kilomètres).

Tannwander, le jeune chef de la plus importante organisation clandestine de Lémuria, se tenait debout derrière le pilote, les yeux fixés sur Atarsk, métropole bordée d'un côté par une longue chaîne de montagnes dont le plus haut sommet atteignait les dix mille mètres, de l'autre, par l'astroport qui s'étendait à perte de vue sur la vaste plaine de Taman.

Le Lémurien souriait : bien qu'Atarsk fût une ville plus belle que Stolark, l'autre grande métropole de Lémuria, il n'aurait pas aimé y vivre non plus. Il faut dire qu'il avait établi son royaume sur une île au milieu de l'océan, dont les installations souterraines conçues par son oncle et prédécesseur lui étaient parfaitement familières.

Plusieurs jours déjà s'étaient écoulés depuis qu'il avait quitté son domaine, entraîné par les neuf étrangers qui se prétendaient originaires d'Alara IV. Des étrangers aussi sales et dépenaillés que d'authentiques Alariens certes, et qui exhalaient une puanteur toute alarienne elle aussi. Mais là s'arrêtait leur ressemblance avec les habitants de la planète Alara IV.

Tannwander se demandait d'ailleurs pourquoi il continuait à aider ces individus. Il ressentait parfois une impression curieuse, une mystérieuse emprise de ces étrangers sur son esprit. Quel pouvait être leur secret ?

Lorsqu'ils avaient quitté ensemble Stolark, Tannwander s'était proposé d'abandonner les faux Alariens à leur destin. Et voilà qu'il se retrouvait en leur compagnie à sept mille mètres au-dessus d'Atarsk. Il avait même prévenu Ogip, son second, qu'il ne reviendrait pas de sitôt sur l'île.

Une voix grave l'arracha soudain à ses pensées.

— Vous croyez que nous pouvons prendre le risque d'atterrir ici, après ce qui s'est passé à Stolark ?

Tannwander se retourna. La question avait été posée par le chef du petit groupe d'étrangers, un homme mince et de haute taille qui se faisait appeler Shintas ; mais le jeune Lémurien était persuadé que ce n'était pas son vrai nom.

— Tout à fait, répondit-il. Après la mort de Trahailor, Ostrum aura d'autres chats à fouetter que de se lancer à notre poursuite.

Perry Rhodan, alias Shintas, acquiesça d'un air pensif. Il se demandait s'il ne serait pas préférable de mettre Tannwander au courant des raisons cachées de la mort de Trahailor. Arriverait-il à croire que le Tamrat avait été assassiné par son propre collègue Nevis-Latan ?

Tannwander croirait-il aussi que Nevis-Latan était un Maître Insulaire, un être qui ne reculait devant rien pour étendre le pouvoir de son organisation ?

Non, se dit Rhodan. Ils avaient déjà essayé une fois de mettre le jeune Lémurien dans la confidence, mais celui-ci ne les avait pas crus. Comment lui faire comprendre les dessous des événements dont Vario, la Nouvelle Lémuria, avait été le théâtre ?

A force de réfléchir, Rhodan en vint à la conclusion qu'il était préférable de ne révéler à Tannwander qu'une partie de la vérité et de le garder sans cesse sous le contrôle du fascinateur André Lenoir.

— Atterrissez ! ordonna Tannwander à Waynton, le pilote du glisseur.

Celui-ci portait un pansement sur la tête. Au cours d'une lutte contre les hommes d'Ostrum, il avait été atteint de brûlures profondes qui cependant ne l'empêchaient pas de continuer à travailler. Rhodan voyait là une nouvelle preuve de la fidélité étonnante vouée par les partisans de Tannwander au chef de leur organisation.

Le glisseur amorça sa descente en une spirale de plus en plus serrée.

Pourvu que L'Emir les attende quelque part dans la ville !, se dit encore Rhodan. Il avait absolument besoin de l'aide du mulot, car Tako Kakuta, le téléporteur, ne pouvait pas partir à la poursuite de Nevis-Latan sans son soutien. Les plans du Stellarque étaient encore vagues en ce qui concernait la chasse au Maître Insulaire. Tout dépendait pour l'instant d'un point précis : Kakuta ou L'Emir réussirait-il à pénétrer encore une fois dans la chaloupe de sauvetage avec laquelle ils avaient atteint Vario ?

Le turbo-glisseur se posa sur le parking. On était à la fin de l'après-midi.

— Waynton, vous allez directement chez le médecin, n'est-ce pas ? dit Tannwander au pilote. — Puis il se tourna vers les neuf Alariens. — Et maintenant, quels sont vos projets ?

— Pour commencer, nous avons besoin d'un logement, répondit Atlan. Peut-être pourrez-vous nous procurer une chambre dans un endroit discret, quelque part en ville.

— Et si nous nous mettions en rapport avec Juvénog ? proposa le major Don Redhorse.

Rhodan secoua la tête en signe de dénégation. Juvénog, le représentant alarien sur Lémuria, ne lui inspirait guère confiance. Moins ils feraient de publicité autour de leur présence dans la ville, moins ils courraient le risque de trahir leurs véritables desseins.

— Comme de toute façon je reste encore quelques jours à Atarsk, vous pouvez loger chez moi, déclara Tannwander. Ma maison est vaste et c'est toujours là que je descends quand j'ai à faire à Atarsk. Mais je n'aurai guère de temps à vous consacrer. Il faut que j'essaie de récupérer les piézoquartz qu'Ostrum vous a extorqués.

Rhodan accepta d'emblée cette invitation. Sans compter que la perspective de n'être pas chaperonné sans cesse par Tannwander le rassurait aussi. Il jeta un coup d'œil sur ses compagnons et ne put s'empêcher de faire une grimace en voyant leur accoutrement : comment pourraient-ils arpenter les rues de la ville dans un état pareil ? Ils se feraient immédiatement remarquer. Même des Alariens authentiques ne donneraient pas une telle impression de saleté.

Tannwander semblait avoir les mêmes scrupules car il s'offrit spontanément à aller leur chercher des vêtements convenables.

— Attendez-moi dans le glisseur, dit-il. Je n'en ai pas pour longtemps.

Le Lémurien descendit de l'appareil et s'éloigna à pas rapides, sous l'œil vigilant de Rhodan.

Brazos Surfat, Olivier Doutreval, Lastafandemenreaos

Papageorgiu, Chard Bradon et Don Redhorse étaient au bord de l'épuisement et du découragement. Ils avaient besoin de toute urgence d'une grande journée de repos. Par contre Kakuta et Lenoir, les mutants, ainsi qu'Atlan et Rhodan, équipés tous quatre d'un activateur cellulaire, ne souffraient jamais de la fatigue ; ils pouvaient donc se consacrer de façon ininterrompue à leurs problèmes, lesquels, pour l'heure, se résumaient en quelques mots : retrouver Nevis-Latan et amener le Maître Insulaire à faciliter leur retour dans le temps réel.

Soudain, un brasillement au centre de l'habitacle fit perdre à Rhodan le fil de ses idées. L'Emir se matérialisa et vint s'asseoir sur les genoux du Stellarque.

— Moi qui craignais déjà de ne plus jamais vous revoir ! dit-il d'une voix plaintive. J'ai dû passer tout ce temps caché dans le boyau du canal, et la nuit, je suis allé dormir dans des magasins. — Le souvenir des grands magasins lémuriens lui arracha une horrible grimace. — Il est impossible de trouver la moindre carotte dans toute la ville. Je comprends maintenant pourquoi tous ces gens ont un teint de papier mâché !

— Nous avons un nouvel ami, l'interrompit Rhodan tout en lui grattant le derrière des oreilles d'un air visiblement soulagé.

— En effet. Je me suis permis de soutirer cette pensée à ton esprit, avoua L'Emir. Tannwander va revenir d'un instant à l'autre pour vous fournir des vêtements convenables. D'ici là, il faut que je disparaisse de nouveau.

— C'est vrai, mais non sans une mission à remplir, reprit Rhodan. Essayer de retrouver la chaloupe de sauvetage pour y reprendre le microcom, à condition que les Lémuriens n'aient pas déjà mis la main dessus, puis de joindre le *Krest III* par radio. Il est nécessaire que l'équipage sache que nous avons retrouvé un Maître Insulaire. N'oublie pas que tu n'as droit qu'à un signal d'appel condensé, sous peine de te faire repérer par des détecteurs ennemis.

— Ainsi l'homme que nous recherchons s'appelle Nevis-Latan, déclara L'Emir qui avait de nouveau espionné les pensées de ses amis. Comme c'est un Tamrat, il sera difficile de s'en approcher.

— Il existe une possibilité dont nous n'avions pas encore eu vent jusqu'à présent, reprit Rhodan. C'est Tannwander qui a attiré notre attention là-dessus.

L'Emir sourit en découvrant sa fameuse incisive.

— Nevis-Latan est un fanatique de la pêche sous-marine, dit-il, fier de son savoir volé à l'esprit du Stellarque. Mais je ne vois pas le rapport avec nos projets. Ah si ! Je comprends...

— Allez, assez parlé maintenant, l'interrompit Rhodan. Il est temps que tu te mettes au travail. Tu as bien profité de ton séjour dans les grandes surfaces de Lémuria, n'est-ce pas ? Ça se voit à ton tour de taille !

— Les gros sont plus sympathiques que les maigres, déclara le mulot d'un air plein de dignité. Il suffit de regarder Brazos Surfat pour s'en convaincre. Il est tellement gentil qu'il...

L'Emir se dématérialisa dès qu'il vit le bras menaçant du sergent Surfat dressé dans sa direction.

— Nevis-Latan va venir à Atarsk, annonça Rhodan après le départ du mulot. Il peut arriver demain, comme il peut se faire désirer dix jours, ou plus encore. Quoi qu'il en soit, nous l'attendrons. A un endroit qui ne lui serait jamais venu à l'esprit, même s'il avait flairé notre présence ici.

CHAPITRE II

A voir les pentes des montagnes déchiquetées, on avait l'impression qu'elles avaient été aspergées de cire liquide depuis le sommet jusqu'au sol. La tempête charriait les nuages de cristaux d'ammoniac, ils tourbillonnaient en tous sens, puis s'amoncelaient en amas désordonnés et tombaient sur le sol figé par la glace où ils exécutaient un ballet frénétique, telles des balles minuscules.

Quel chaos ! se dit John Marshall, les yeux fixés sur le grand écran d'observation où se dessinait distinctement tout l'environnement du *Krest III*. Jadis, les Maahks avaient vécu sur cette planète, puis elle avait été ravagée sans pitié par les bombes des Lémuriens et était à présent entièrement contaminée par la radio-activité.

Quelle cachette macabre ! se dit encore le mutant en frissonnant.

Un coup d'œil sur la petite horloge-calendrier lui indiqua la date du jour : 30 octobre 2404 ! En temps réel, bien sûr. A bord de l'ultracroiseur, on avait gardé le calendrier d'origine, ce qui, aux yeux de Marshall, prouvait à quel point l'équipage était déterminé à revenir dans le temps réel.

Marshall baissa la tête. Il y avait déjà treize jours que Perry Rhodan et son équipe étaient partis pour la planète

Vario. Depuis, l'équipage du *Krest III* n'avait plus entendu parler d'eux.

Certes, il n'y avait aucune raison de céder à la panique, mais ce silence était tout de même assez inquiétant. Qu'allaient-ils faire si Rhodan ne revenait plus ? Marshall n'osait y penser.

La tempête continuait à dévaler de la montagne avec une sauvagerie inimaginable et à frapper de toute sa fureur la coque du vaisseau. Mais elle n'avait pas plus de chances de l'ébranler que de secouer les rochers. L'ultracroiseur, le navire le plus puissant qui fût jamais construit de main d'homme, résistait sans peine à tous les déferlements de la nature.

Depuis treize jours déjà, le croiseur amiral de l'Astromarine Solaire, un monstre de deux mille cinq cents mètres de diamètre, attendait sur cette planète inhospitalière, à l'abri des détections indésirables. Les membres de l'équipage avaient toujours l'espoir chevillé au cœur de revenir dans le temps réel, mais la condition première était le succès de la mission de Rhodan et de son petit groupe. Or, le temps passait...

Les yeux de Marshall ne quittaient pas l'écran de l'hypercom. Autour de lui, la tempête continuait à faire rage, s'attaquant sans relâche aux flancs du vaisseau spatial comme une bête sauvage en pleine furie. Soudain, il sentit une présence derrière lui et tourna la tête.

Cart Rudo, le commandant epsalien du navire, venait de le rejoindre dans le poste central en compagnie de quelques officiers dont Icho Tolot, planté devant l'entrée du puits antigrav, muet. Le géant halutien n'avait encore trouvé aucune réponse aux questions que se posaient les membres de l'équipage.

La présence de ces officiers dans le central n'était pas indispensable, mais aucun d'eux ne se résignait à s'enfermer dans sa cabine, tant l'inquiétude les tenaillait tous. Personne n'en parlait, mais ils attendaient désespérément un signe de Perry Rhodan. A croire que leur présence dans le poste central pouvait conjurer le destin.

L'atmosphère chargée de méthane de la planète, par ses tourbillonnements, assurait au *Krest III* une sécurité totale car elle masquait la visibilité. Piètre consolation pour l'équipage rongé d'inquiétude, sécurité trompeuse que celle du faible qui s'était trouvé une cachette d'où il lui faudrait bien sortir un jour ou l'autre s'il voulait continuer à vivre.

John Marshall savait que son activateur cellulaire lui permettrait de survivre plusieurs décennies dans les entrailles du navire, tandis que les membres de l'équipage seraient condamnés à vieillir et à mourir rapidement. Mais la pensée de vivre en la seule compagnie des mutants, enfermé dans cet immense vaisseau spatial à cinquante mille ans de son temps réel, n'était pas pour lui remonter le moral.

Il fit un effort pour penser à autre chose. Tournant le dos à l'écran, il traversa le poste de commande sans but précis et s'approcha d'Icho Tolot. Le Halutien l'observait attentivement. Comme c'est curieux, se dit Marshall. Je le connais maintenant si bien que je peux même déceler certaines émotions sur ses traits non humains.

— Vous êtes inquiet, constata Tolot.

Marshall ne put s'empêcher de rire.

— Qui ne l'est pas ici ?

— Vous vous faites du souci, n'est-ce pas ?

Un léger sifflement le fit sursauter. Il jeta un coup d'œil vers la cabine radio. L'hypercom se réveillait.

— Faites passer le message chez moi, Sparks ! cria le colonel Rudo.

De son pas lourd, Tolot vint rejoindre Marshall, puis le dépassa, personnage monstrueux auquel les Terraniens s'étaient habitués depuis longtemps.

— Ce n'est pas un message, colonel, répliqua le radio,

mais un simple signal d'appel condensé, limité à la lettre « M ».

C'était le code prévu par Rhodan avant son départ. Marshall eut du mal à retenir un hurlement de joie. Les hommes s'étaient levés en chœur et commençaient à parler tous ensemble. Ils étaient eux aussi au courant du code mis au point par Rhodan pour la simple raison qu'un message radio normal aurait été à coup sûr capté par les Lémuriens.

— Rhodan a trouvé un Maître Insulaire sur Vario, déclara le colonel Rudo. Il a découvert le porteur d'activateur à l'aide de son microdétecteur.

Les officiers se congratulèrent mutuellement, et le colonel Rudo annonça la bonne nouvelle à tout l'équipage par intercom. Le moral général remonta aussitôt de plusieurs crans.

John Marshall se tourna vers Icho Tolot.

— Vous ne dites rien ? Ce message vous donnerait-il à réfléchir ?

Le silence se fit dans le central. Les officiers avaient entendu la question posée par Marshall au Halutien.

— Auriez-vous par hasard trouvé un nouveau cheveu dans la soupe, Tolot ? demanda de loin le capitaine Nosinsky.

— Je regrette seulement de devoir tempérer quelque peu votre enthousiasme, répondit Tolot impassible. Mais vous devrez admettre que la découverte d'un Maître Insulaire sur Vario, la Nouvelle Lémuria, change les données du problème.

— Qu'est-ce que vous racontez là ? intervint le lieutenant Drav Hegmar. Vous avez pourtant approuvé l'expédition de Rhodan sur Vario, vous aussi ! L'objectif du Stellarque et de son équipe était bien de trouver un Maître Insulaire, que je sache, et par là même, le moyen de revenir dans le temps réel ?

Pendant quelques instants, Tolot garda le silence dans l'attente d'autres objections, puis il reprit :

— J'ai approuvé le projet de Rhodan, c'est exact. Mais je ne croyais pas qu'il découvrirait un Maître Insulaire sur Lémuria.

Les paroles d'Icho Tolot déclenchèrent un tumulte général. Le Halutien ne parlait que lorsqu'il avait de bonnes raisons de le faire. Son planicerveau lui permettait d'établir très rapidement des déductions logiques et des raisonnements irréfutables.

— Autrement dit, à votre avis, ce signal ne serait qu'un bluff ? remarqua à son tour Melbar Kasom.

— Au contraire, je suis convaincu que Rhodan a rencontré un de nos pires ennemis, riposta Tolot sans se soucier de la nouvelle agitation suscitée par cette déclaration. Mais ne vous paraît-il pas étrange qu'un Maître Insulaire surgisse dans le passé de Vario au moment précis où on le cherchait ? poursuivit Tolot d'une voix qui cette fois avait perdu toute impassibilité.

Du coup, Marshall sentit son enthousiasme se volatiliser. Il devinait le sens des paroles de Tolot. Et il savait qu'il avait raison.

— Ainsi vous pensez que le Maître Insulaire est sur Vario pour attendre le *Krest* ?

Le colonel Cart Rudo exprimait en quelques mots ce qui venait de sauter aux yeux de John Marshall.

— Ce n'est pas tout ! Le Maître Insulaire sait exactement à quel moment le *Krest* est rentré dans la Nébuleuse d'Andromède, ajouta Icho Tolot. S'il se trouve sur place, c'est précisément pour nous empêcher de revenir dans le présent.

— Il est possible que vous ayez raison, remarqua le major Hefrich avec prudence.

Tolot fit un grand geste du bras pour ponctuer la suite de son raisonnement.

— A quoi bon se faire des illusions ! Les Maîtres Insulaires sont en mesure de repérer et de localiser tout déplacement temporel grâce à leur détecteur de champ d'annulation. Ils savent à tout moment où se trouve le *Krest*. Que la ligne temporelle ait été décalée d'une seule minute, et jamais Rhodan et son équipe n'auraient trouvé le Maître Insulaire. Notre ennemi n'est pas venu sur Vario pour prendre des mesures contre les Lémuriens. Sa mission consiste à nous trouver et à nous anéantir.

— Dans ce cas le groupe de Rhodan se trouve exposé aux pires dangers ! s'écria le major Bernard au comble de l'émotion.

Tolot acquiesça d'un simple mouvement de tête. Marshall se demanda avec étonnement pourquoi cette idée ne lui était pas venue à lui-même. Pourquoi un Maître Insulaire se serait-il soumis à ce saut dans le passé s'il ne poursuivait pas un but précis ? Et pourquoi aurait-il justement choisi l'année 49 488 av. J. C. s'il ne s'attendait pas à y trouver le *Krest III* ?

Card Rudo se leva de son siège.

— Il nous est impossible de répondre à Rhodan par radio, dit-il. Cela ne ferait qu'augmenter les risques. J'ai une autre proposition à vous faire. Que deux volontaires partent avec un chasseur Mosquito vers le système de Big Blue et essaient de prendre contact avec le groupe de Rhodan. Un navire aussi petit et aussi maniable que celui-là peut certainement évoluer dans les parages de Vario sans risque majeur.

— Il faut que l'un de ces volontaires soit un mutant, pour qu'il puisse prendre contact avec L'Emir en cas d'urgence, intervint Marshall. Donc j'irai, moi.

— Si vous êtes d'accord, je vous accompagnerai, proposa le lieutenant Drav Hegmar.

Marshall jeta un bref coup d'œil sur l'officier et approuva d'un signe de tête. Hegmar à la toison de jais, connu pour son esprit de décision, était le type d'homme idéal pour une mission de ce genre.

— Bon. Et maintenant, nous n'avons plus une minute à perdre, décida le mutant.

*
* *

Le chasseur Mosquito long de vingt-six mètres émergea de l'espace linéaire, piloté par le lieutenant Drav Hegmar. John Marshall occupait le siège placé juste derrière lui. Ils étaient seuls à bord.
Big Blue emplissait les deux écrans. Marshall vérifia les détecteurs.
— Quatre spationefs stationnent dans ce secteur de l'espace, dit-il à Hegmar. Mais ils sont beaucoup trop éloignés de nous pour pouvoir nous localiser.
— Est-ce que nous plongeons vers Vario ? demanda Hegmar.
— Oui, décida John Marshall.
Pendant un instant, il brancha ses antennes parapsychiques sur les pensées du pilote, non pas pour le surveiller mais pour sonder son état d'esprit, tout étonné d'ailleurs de constater qu'il était parfaitement serein, peut-être plus encore que lui-même.
— Je vais lever l'écran SH, déclara le pilote.
Marshall approuva cette initiative. Hegmar avait débranché le microconvertisseur kalupéen. Les hyperpropulseurs pour chasseurs Mosquito, petits mais puissants, avaient été construits sur Siga. Marshall le savait, et sa pensée s'attarda un instant sur Lemy Danger, le minuscule lieutenant originaire de cette planète.
— Un des navires vient de disparaître de l'écran de détection, dit-il soudain. Il a dû plonger dans l'hyperespace.
— Nous transportons trois bombes pour canons transformateurs, répondit froidement Hegmar. Exactement ce qu'il nous faut pour les trois navires restants.

— Tel n'est pas le but de notre mission, riposta Marshall sur un ton de reproche. J'ignorais que vous preniez plaisir aux combats spatiaux.

— Non, Marshall, je n'y prends pas plaisir du tout, riposta Hegmar avec une sorte de rictus. Mais tant que j'ai l'esprit occupé par une rencontre avec l'ennemi, je ne me fais pas de souci pour nous.

Marshall fixa le large dos de son compagnon d'un regard sidéré. Il avait l'impression que ces derniers temps, tous les membres de l'équipage du *Krest III* s'étaient forgé leur propre méthode pour éviter de penser à leur situation. Il commence à être temps que moi aussi, je songe à me distraire l'esprit, se dit le télépathe.

La planète Vario, baptisée Lémuria par ses occupants, se dessinait sur les écrans de détection. On y voyait aussi les trois navires inconnus, dont l'un se dirigeait également vers Vario. Hegmar se mit à siffloter gaiement. Sans doute était-il heureux de n'avoir pas à attendre sur le *Krest III* en se tournant les pouces.

— Dès que nous arriverons à un million de kilomètres de Vario, il faudra augmenter la vitesse, conseilla le mutant au pilote. Ce qui compte, c'est que tout se passe très vite.

Hegmar approuva d'un signe de tête. La radio était branchée. Marshall s'attendait à ce qu'un navire de garde ennemi les localise et les appelle sans tarder. Il leur fallait donc trouver le moyen de faire prendre patience aux Lémuriens.

— J'accélère maintenant, n'est-ce pas ? s'écria Drav Hegmar.

Tout chasseur Mosquito pouvait accélérer jusqu'à sept cents kilomètres par seconde carrée, mais dans le cas présent, il n'était pas nécessaire d'atteindre une telle allure.

Sur les écrans, le chasseur donnait l'impression de foncer directement sur la planète. Plus d'une vingtaine d'autres échos lumineux apparurent sur l'écran de détection.

Marshall songea immédiatement à une escadre de surveillance lémurienne qui jusqu'alors s'était abritée des détecteurs indésirables à l'ombre de Big Blue.

— Vingt-trois échos supplémentaires, lieutenant ! annonça Marshall d'une voix paisible.

Hegmar tapota les commandes des canons à impulsion qui, avec les canons transformateurs, faisaient du chasseur un adversaire redoutable.

— Vous croyez qu'ils nous ont localisés ?

Marshall observait l'écran. La trajectoire de l'escadre ne donnait pas encore matière à s'inquiéter, mais les choses pouvaient changer très rapidement.

— Tout va bien ! dit-il au pilote.

Le chasseur fonçait sur Vario. Big Blue s'évanouit des écrans. L'un des trois navires qu'ils avaient repérés au début disparut à son tour dans l'hyperespace.

— Ne plongez pas encore dans l'atmosphère, ordonna John Marshall. Je ne vais pas tarder à lancer le signal d'appel condensé.

On arrivait déjà à distinguer très clairement les détails du relief de Vario. Marshall n'eut aucun mal à repérer d'épaisses concentrations de nuages.

— Je m'approche encore ? lui demanda Hegmar.

— Vous hésitez ?

— J'ai un sentiment curieux, Marshall ! riposta le pilote d'une voix plutôt amusée.

Le chasseur filait vers la zone diurne de Vario sans pénétrer dans l'atmosphère. Marshall se pencha vers l'hypercom et lança la microimpulsion.

— Il ne nous reste plus qu'à attendre la réponse, dit-il.

Un coup d'œil sur les écrans lui apprit que l'escadre de surveillance avait changé de cap pour se rapprocher de la planète, à une vitesse poussée à l'extrême.

— Nous allons avoir de la visite ! constata le mutant furieux.

Sans rien dire, Hegmar se pencha en arrière pour avoir une meilleure vue sur les écrans. Marshall aurait donné cher pour lui ordonner de prendre la fuite, mais il leur fallait attendre le plus longtemps possible la réponse à leur appel. Cette impulsion codée lancée par le télépathe devait attirer l'attention de Perry Rhodan sur les assertions d'Icho Tolot.

Les vingt-trois navires lémuriens se déployèrent, signe qu'ils avaient découvert le chasseur. D'autres détections d'échos énergétiques prouvaient que des navires attendaient au sol sur Vario pour participer à la poursuite du spationef inconnu.

Le récepteur bourdonna. Marshall s'adossa à son siège et poussa un soupir de soulagement. Mais à la place du signal condensé qu'il attendait, la voix d'un Lémurien se fit entendre.

— Ici le commandant Zabot. Message au commandant du navire inconnu dans le secteur trois. Donnez vos coordonnées ! Je répète : donnez vos coordonnées immédiatement !

Marshall changea de fréquence.

— Vous vous imaginez peut-être que c'est votre grand-mère qui vient vous rendre visite, Zabot ? dit-il dans un téfrodien parfait.

— Sûrement pas ! répondit Zabot furieux avant de couper la communication.

Marshall serra les lèvres. Dès qu'ils arriveraient à leur portée, les Lémuriens n'hésiteraient pas à ouvrir le feu.

— Comment se présente la situation ? demanda Hegmar.

— Ils vont nous encercler.

A ce moment précis arriva le signal tant attendu en provenance de Vario. Marshall frappa l'épaule du pilote.

— Voilà l'appel codé, lieutenant ! Rhodan a bien reçu notre message. Et maintenant, on file !

Le chasseur Mosquito accéléra de nouveau. Il dépassa

le terminateur, par-dessus la frontière entre le jour et la nuit. Aussitôt, les poursuivants changèrent de cap. Ils se rapprochèrent dangereusement.

— Ce sera du tout juste, dit Marshall.

La première décharge d'énergie traversa l'espace, mais elle avait déjà perdu en cours de route une grande partie de sa force percutante de sorte que l'écran SH n'eut aucun mal à l'absorber. Puis le chasseur atteignit la vitesse nécessaire. Le kalup s'activa. Son dégagement d'énergie colossal lui permit de forcer le continuum spatio-temporel.

Le chasseur se retrouva en sécurité dans l'espace linéaire.

Marshall détacha ses mains du tableau de l'hypercom. Hegmar se renversa sur le dossier de son siège et brancha le pilotage automatique. Ils n'allaient pas tarder à se glisser dans un des hangars du *Krest III*.

Le lieutenant Drav Hegmar se tourna vers son camarade, un large sourire aux lèvres.

— Qu'est-ce qui vous amuse de la sorte ? voulut savoir Marshall.

— Ce n'est pas ainsi que je m'imaginais une grand-mère lémurienne, dit-il en fermant les yeux.

CHAPITRE III

L'Emir posa soigneusement les appareils sur la table dressée au centre de la pièce. Il en éprouvait une certaine fierté, car cette expédition de récupération était liée pour lui à de nombreux dangers qu'il avait réussi à surmonter : il lui avait fallu retourner dans la chaloupe de sauvetage de l'Eskila, laquelle avait été entre-temps plus ou moins dérobée par les Lémuriens.

— Neuf microprojecteurs d'écran, annonça-t-il en présentant les appareils oblongs. Un microcom avec décodeur. Et un psychodélieur, ajouta-t-il en jetant un coup d'œil à Atlan.

Rhodan bondit sur ses pieds, traversa la pièce à grandes enjambées et se pencha sur la table d'exposition pour examiner attentivement l'appareil désigné par l'Emir sous le nom de psychodélieur.

— Quelle idée géniale d'incorporer tous ces appareils dans le pupitre de contrôle du canot comme s'ils faisaient partie des éléments de commandes ! déclara placidement L'Emir en faisant semblant de ne pas remarquer l'émotion de Rhodan. Les Lémuriens ont pourtant sondé la chaloupe dans ses moindres détails, mais sans rien trouver. J'ai découvert le canot dans une remise, à proximité du spatioport.

Rhodan continuait à contempler le psychodélieur. Quelqu'un derrière lui se leva et s'approcha. Il savait que c'était Atlan.

— Tu es en colère ? demanda l'Arkonide.

— J'aurais dû me douter que tu emporterais cet appareil, répliqua Rhodan à voix basse.

— Vraiment ? fit Atlan avec un rire sans joie. Tu ne me croiras peut-être pas, mais j'ai même l'intention de m'en servir.

— C'est inhumain, murmura Rhodan.

— Ne te mets pas martel en tête pour cela. Moi aussi, tout comme toi et tous les autres membres de l'équipage du *Krest III*, je tiens à revenir dans le temps présent. Tous les moyens me sont bons pour vaincre ceux qui chercheront à mettre obstacle à notre projet.

— Voilà une philosophie que l'on pourrait presque qualifier de primitive, ne put s'empêcher de grogner Perry Rhodan en guise de commentaire.

Il sentait bien qu'il n'aurait pas dû s'attaquer à son ami avec des paroles aussi dures, mais il n'avait pas pu les retenir, et elles planaient dans la pièce comme un défi.

Atlan s'approcha à son tour de la table et prit en main le psychodélieur qu'il serra de toutes ses forces.

— Il est peut-être primitif de lutter pour conserver la vie, riposta-t-il en faisant un effort pour se dominer. Mais je vais...

— Ça suffit, l'interrompit L'Emir dans un cri. Arrêtez de vous chamailler, tous les deux.

Il n'avait pu s'empêcher d'intervenir, sachant bien qu'une brouille entre Rhodan et Atlan ne ferait que compliquer leur situation.

— En plus de ces quelques appareils, poursuivit le mulot impassible, du moins en apparence, j'ai aussi rapporté de mauvaises nouvelles.

— Quoi donc ? interrogea vivement Rhodan.

— Un chasseur Mosquito s'est éjecté du *Krest* et a

plongé dans le système de Big Blue. Notre signal codé a bien été reçu. Cependant, d'après Tolot, la présence d'un Maître Insulaire serait la preuve que nos ennemis nous attendaient. Ils auraient calculé avec la plus grande précision le déplacement temporel et spatial de l'ultracroiseur, et agi en conséquence.

— Je comprends. Autrement dit, Nevis-Latan a été envoyé sur Vario pour nous empêcher de revenir dans le temps réel, alors que, jusqu'à présent, nous avions espéré prendre le Maître Insulaire par surprise.

Rhodan se demanda si cette théorie nouvelle n'allait pas les obliger à changer leurs plans. Néanmoins, il fallait avant tout qu'ils essaient de trouver la base cachée du Maître Insulaire. Cette base existait certainement quelque part, car Nevis-Latan ne pouvait pas contrôler le transmetteur temporel de n'importe quel endroit de la ville lémurienne. Sa prétendue passion pour la plongée sous-marine avait permis aux neuf Terraniens de déduire que sa mystérieuse station se cachait sans doute quelque part au fond de l'océan.

— Nevis-Latan serait-il déjà au courant de notre présence sur Lémuria ? demanda Don Redhorse.

— Je ne crois pas que le Tamrat connaisse notre véritable identité, répondit Rhodan en jetant un coup d'œil sur le Chéyenne méconnaissable sous son accoutrement alarien. Mais à partir de maintenant, nous devons redoubler de prudence dans nos mouvements. Le Maître Insulaire s'attend à ce que nous essayions de l'approcher à un moment ou à un autre. Il va donc surveiller sans relâche son environnement.

Pour l'instant, ils se sentaient en sécurité dans la maison de Tannwander. Le jeune Lémurien était parti à la recherche d'Ostrum afin de récupérer les barres de piézoquartz qui lui revenaient aux termes du contrat signé avec les pseudo-Alariens. Il était sûr qu'Ostrum serait obligé de lui remettre ces blocs de métal précieux s'il ne voulait pas se heurter aux critiques violentes des autres Tamrats.

Par la même occasion, Tannwander allait sonder la ville d'Atarsk et les avertirait immédiatement de l'arrivée éventuelle de Nevis-Latan.

— Il commence à être temps que nous nous mettions en quête d'un navire convenable, dit Atlan. Il faut que nous ayons un vaisseau à notre disposition au moment où nous aurons réussi à forcer la main au Maître Insulaire.

— Tannwander nous aidera à en acheter un, répondit Rhodan. Avec ses barres de piézoquartz, il peut se procurer plusieurs vaisseaux. Il ne perdra rien à nous faire cadeau d'une parcelle de sa fortune. Si jamais il refuse, André Lenoir saura bien le convaincre qu'il a tout intérêt à coopérer avec nous. Ce qu'il nous faut, c'est un astronef de soixante mètres de diamètre. Dès que Tannwander reviendra de son expédition, nous lui en parlerons.

Soudain le bourdonnement du télécom interrompit leur conversation. Rhodan jeta un coup d'œil indécis vers l'appareil.

— Prenons-nous le message ? demanda Papageorgiu qui se trouvait juste à côté.

Rhodan réfléchissait. Il ignorait l'identité de l'interlocuteur. Si c'était quelqu'un qui voulait parler à Tannwander sans savoir qu'il hébergeait des hôtes étrangers, il serait sans doute effrayé en découvrant l'un des neuf clochards sur l'écran. D'autre part, il serait maladroit de ne brancher que le son sans l'image. Cela pourrait paraître suspect aux yeux d'un Lémurien un peu trop curieux.

Le bourdonnement se fit entendre pour la troisième fois.

— Si nous ne prenons pas la communication, il est possible que l'interlocuteur déçu vienne jusqu'ici pour voir ce qu'il s'y passe, remarqua Atlan.

Rhodan s'approcha de l'appareil et le brancha. L'écran

s'éclaira. Le visage juvénile de Tannwander arracha à Rhodan un soupir de soulagement.

— Eh bien, ce n'est pas trop tôt ! reprocha le Lémurien.

— Nous hésitions à prendre la communication, expliqua Rhodan. Nous ne pouvions pas savoir qui appelait.

Une ride profonde se dessina sur le front de Tannwander.

— Il n'y a que mes amis qui m'appellent ici, des amis pour lesquels je n'ai pas de secrets.

— Qu'avez-vous à nous dire ? reprit Rhodan.

— Nevis-Latan est arrivé en ville il y a juste une heure.

Rhodan se pencha vers l'écran.

— Que savez-vous de plus ?

— Beaucoup de choses, répondit Tannwander. Le Tamrat a donné une interview à plusieurs reporters. Il a déclaré que la mort brutale de Trahailor l'avait beaucoup choqué, et qu'il voulait aller pêcher pendant quelques jours au fond de l'océan pour se reposer.

— Hum, fit Rhodan. Est-ce que par hasard vous savez quand il a l'intention de réaliser ce projet ?

— Dans quelques heures, je pense. Bon, il est temps que nous interrompions la communication. J'ai beaucoup à faire.

— Vous avez récupéré les piézoquartz ? demanda encore le Stellarque.

Tannwander arbora un sourire triomphant qui en disait plus long que n'importe quelle réponse.

— Quand vous reviendrez ici, vous devrez vous charger d'une autre mission avec trois de mes hommes : acheter un petit vaisseau spatial, déclara encore le Stellarque.

— Quoi ? Un vaisseau spatial ? Mais vous n'avez pas un sou en poche !

— Sans doute, mais vous, vous avez une partie de notre fortune, riposta Rhodan d'une voix douce. Une partie importante même. Vous connaissez très bien la valeur des barres de piézoquartz, n'est-ce pas ?

Tannwander se mura dans le silence. Rhodan s'attendait à ce qu'il coupe la communication, mais il n'en fit rien.

— Pourquoi avez-vous besoin d'un vaisseau spatial ? demanda-t-il au contraire.

— Nous voulons rentrer chez nous, sur Alara IV, lui confia Rhodan.

Tannwander applaudit des deux mains en éclatant de rire.

— Alara IV ? C'est probablement la dernière planète d'Andromède que vous irez visiter !

Rhodan ignora la riposte.

— D'où Nevis-Latan partira-t-il pour son expédition au fond des océans ? reprit-il.

— Il partira du port de Palar, à environ deux cents miles d'Atarsk. Il est situé à proximité de la ville de Wor-Kartan.

— Nous avons aussi besoin de neuf spatiandres et de quelques paralysateurs, ainsi que d'un glisseur. Dans une heure au plus tard.

Tannwander exhiba un sourire ironique.

— C'est tout ? s'enquit-il.

— Pour l'instant, oui. Je peux compter sur vous ?

Tannwander secoua la tête ; il avait l'air surpris.

— Je crois que je deviens fou, avoua-t-il. Je vous procurerai tout ce que vous me réclamez, mais du diable si je sais pourquoi je fais tout cela pour vous !

Rhodan n'aurait eu aucun mal à répondre à cette question. Mais à quoi bon troubler inutilement le jeune Lémurien ? Plus tard, quand ils auraient quitté Vario, Tannwander se creuserait en vain la cervelle pour savoir pour quelle raison il s'était laissé manipuler ainsi sans la moindre résistance. Sans doute n'apprendrait-il jamais qu'il se trouvait sous l'emprise d'André Lenoir, le fascinateur, et n'avait été qu'un instrument docile entre les mains de quelques Terraniens désespérés.

L'écran s'obscurcit. Perry Rhodan retourna à sa place.

— Tout s'arrange mieux que je n'aurais osé l'espérer, dit-il. Nevis-Latan part pour une expédition dans l'océan. De toute évidence, il va faire un tour du côté de sa station sous-marine. Il faut que nous arrivions avant lui au port de Palar.

— Quels sont vos projets ? voulut savoir Tako Kakuta.

Rhodan lui expliqua son plan. Un plan qui ne pouvait avoir été conçu que par un homme qui ne reculait devant aucun risque.

*
* *

Tannwander se précipita comme un fou dans la chambre en agitant les bras.

— Vous savez ce que ça signifie de se procurer un glisseur, neuf spatiandres et neuf paralysateurs en l'espace d'une heure, tout en esquivant les questions gênantes ?

Rhodan se leva pour aller à sa rencontre. Il ne s'était même pas passé une heure depuis la fin de leur communication par télécom.

— Vous avez trouvé tout ce que je vous ai demandé ?

— Bien sûr ! s'écria Tannwander. A part les piézoquartz, parce que je n'ai pas encore eu le temps de m'en occuper.

— Mais Ostrum vous les rendra ? voulut savoir Atlan.

— Oui ! J'ai déjà son accord. Quand je lui ai montré vos deux contrats, il a vociféré comme un diable tant il était furieux.

Rhodan indiqua du doigt Atlan, Papageorgiu et Chardon.

— Ces trois hommes vous accompagneront pour

l'achat du navire. Au nom d'Ob Tolareff. Tout doit être fait dans les règles de la légalité. Entre-temps, nous allons nous occuper de Nevis-Latan. Où se trouve le glisseur ?

— Sur le toit, répondit Tannwander dans un soupir. Je ne sais pas...

Mais le reste de la phrase lui resta entre les dents. Six des clochards passèrent devant lui en courant. Il regarda Atlan d'un air complètement sidéré.

— J'ai l'impression que vous courez après le temps, dit-il.

Atlan, Papageorgiu et Chardon échangèrent un clin d'œil puis ils éclatèrent de rire en chœur.

— Qu'est-ce que j'ai dit de si drôle ? demanda-t-il.

— Cinquante mille ans ! s'exclama Atlan entre deux éclats de rire. Vous croyez qu'on peut rattraper ce temps-là ?

Tannwander se prit la tête entre les mains et ferma les yeux.

— Cette fois, je crois que je perds pour de bon ce qu'il me reste de raison, dit-il d'un air consterné.

*
* *

Tannwander avait tenu sa promesse. Perry Rhodan trouva les neuf spatiandres et les neuf paralysateurs à l'intérieur du glisseur. Il n'eut aucun mal à se familiariser avec les commandes de cet engin. Pendant que l'appareil s'élevait à la verticale, L'Emir se matérialisa dans le cockpit. Chaque fois que Tannwander revenait chez lui, le mulot se cachait dans les caves. Il était inutile que le Lémurien le découvrît, cela n'aurait fait qu'envenimer les choses.

Rhodan mit le cap directement sur la côte. Il ne connaissait pas le port de Palar, mais il l'imaginait comme un simple petit port de plaisance, les Lémuriens n'ayant besoin d'une flotte marine ni pour régler leurs affaires ni à des fins militaires.

Tant qu'il survolait Atarsk, le pilote veilla à respecter scrupuleusement toutes les règles de la circulation aérienne, car il ne tenait pas à être pris en chasse par la police pour infraction au code. En revanche, dès qu'ils eurent quitté la ville, il accéléra. Ils survolèrent l'immense plaine à une altitude de deux cents mètres. Au-dessous d'eux, les champs étaient couverts de machines entièrement robotisées. Les Lémuriens n'avaient pas à s'occuper des travaux agraires ; il suffisait de quelques techniciens pour téléguider les robots.

A la lisière des forêts, les Alariens découvrirent quelques agglomérations. C'est là que vivaient les techniciens responsables du contrôle des exploitations agricoles. La majorité de la population vivait dans les grandes villes où l'espace ne leur était pas mesuré.

Peu à peu, le relief changea. Collines et rochers firent leur apparition. Le glisseur approchait de la côte. Il leur restait quelques heures avant le coucher du soleil. Rhodan voulait à tout prix atteindre la côte avant la nuit.

— Voilà la mer, là, devant nous ! s'écria Brazos Surfat.

— De l'eau ! soupira Olivier Doutreval. Quand je vois de l'eau, je ne peux m'empêcher de penser à la croûte de crasse qui me couvre la peau.

— Et moi, je ne me suis jamais senti aussi bien ! riposta Surfat. J'ai enfin l'impression de vivre selon les lois de la nature !

Doutreval haussa les épaules et se détourna de ce sauvage. Perry Rhodan sourit. Il connaissait les manies sanitaires de son radio et comprenait sa souffrance.

Ils survolaient à présent la côte. A trois miles environ apparut une cité établie au fond d'une vaste baie. Ce devait être Wor-Kartan. A un mile de la côte, une petite île émergeait, abritant le port de Palar.

— On croirait que cette île est transformée en parc,

dit Don Redhorse. Vous voyez les petits bateaux qui font la navette entre elle et le continent ?

— Il nous est impossible d'atterrir sur l'île sans nous faire remarquer, constata Rhodan. Je vais poser le glisseur à proximité de la cité.

A Wor-Kartan, tous les parkings étaient complets. Un peu plus loin, directement sur la rive, Rhodan vit évoluer des sportifs et des pêcheurs ; ils avaient tout simplement garé leur véhicule n'importe où, là où ils avaient trouvé un endroit libre.

— Nous allons faire comme eux, décida Rhodan.

— Comment saurons-nous à quel moment Nevis-Latan arrivera ? demanda Don Redhorse.

— Kakuta et moi, nous allons nous rendre tout de suite au port, répondit Rhodan. Il est fort probable que le Tamrat possède un sous-marin à propulsion nucléaire. Il ne doit pas être difficile de le repérer parmi les petites embarcations qui sont ancrées ici.

— Et nous, que faisons-nous pendant ce temps-là ? demanda L'Emir.

— Vous attendrez. Ne t'inquiète pas, toi aussi tu auras bientôt ta dose de travail !

Après avoir mis le glisseur à l'abri des rochers, Rhodan et Kakuta revêtirent leurs spatiandres. Ils fixèrent leurs microprojecteurs d'écran dans leurs ceinturons. Ainsi parés, ils pourraient se déplacer sous l'eau sans danger.

— Nous partirons d'ici et irons à la nage jusqu'au port, dit Rhodan à Kakuta. Dès que nous aurons repéré le sous-marin, nous chercherons une bonne place où nous pourrons intercepter notre Tamrat.

Une fois certains qu'ils étaient loin de tous regards indiscrets, ils branchèrent leur microcom et leur respirateur et bouclèrent leur casque.

— Allez, Tako, on y va ! Sans remonter à la surface surtout ! Et attention à ne pas heurter les nageurs !

Rhodan partit le premier, suivi de Kakuta qui ne le

lâchait pas d'une semelle. En s'éloignant de la rive à grandes brasses rapides, ils découvrirent la végétation sous-marine, des rochers qui pointaient du sol et des nuées de petits poissons multicolores qui filaient à leur approche. Puis le niveau du sol s'abaissa, ils purent gagner en profondeur et rencontrèrent des poissons plus gros et des espèces de plantes aquatiques à longues tiges qui oscillaient doucement au rythme des ondes.

Ils arrivèrent enfin à l'endroit où ils n'avaient plus pied. Les rayons du soleil scintillaient à la surface de la mer. Kakuta précéda Rhodan et lui indiqua du doigt un endroit dans les profondeurs où un gros poisson les regardait venir de ses grands yeux jaunes. Il était parfaitement immobile, comme à l'affût. Imperceptiblement, il changea de couleur. Rhodan n'avait pas assez de ses deux yeux pour essayer de comprendre son comportement. Soudain le gros poisson fit un bond et engloutit deux malheureuses petites victimes qui passaient par là...

— Attention ! cria Kakuta dans l'intercom.

Rhodan se retourna brusquement pour apercevoir la quille menaçante d'un petit bateau. Ils continuèrent à nager ; la mer, un instant brassée par le moteur de l'embarcation, finit par retrouver son calme.

Ils approchaient du port, mais le quai était encore trop éloigné pour qu'ils puissent distinguer les détails. Il fallait qu'ils se dirigent vers le bassin portuaire. Nevis-Latan s'était-il décidé à venir faire un tour dans sa station parce qu'il se méfiait ? se demandait Rhodan. Car il était persuadé que la prétendue passion du Tamrat pour la plongée sous-marine n'était qu'un prétexte pour pouvoir se consacrer à loisir à ses devoirs de Maître Insulaire. La proximité du port les forçait à nager en profondeur s'ils voulaient éviter de heurter les nombreux bateaux qui entraient et sortaient. Heureusement pour eux, les sportifs ne fréquentaient pas cet endroit. Quelques pêcheurs seulement s'adonnaient paisiblement à leur passion.

Ils finirent par atteindre le bassin portuaire proprement dit, mais s'ils voulaient découvrir le sous-marin de Nevis-Latan, il leur fallait encore nager jusqu'au quai.

Rhodan remonta à la surface en prenant bien soin de se couler entre deux bateaux, à l'abri des regards indiscrets, afin de pouvoir observer à sa guise le quai et ses environs. Kakuta le rejoignit aussitôt. A cette heure déjà avancée, le port était très animé. Les Lémuriens revenaient de leurs excursions en pleine mer.

Perry Rhodan ne vit que deux sous-marins à quai, quasiment identiques, mais de tailles différentes.

— Alors ? fit Kakuta en contemplant les deux embarcations.

— L'un de ces deux submersibles appartient à Nevis-Latan, répondit Perry Rhodan d'un air pensif.

— Ou les deux, rectifia Kakuta. Pourquoi Nevis-Latan n'en posséderait-il pas deux ?

— Ce n'est pas impossible en effet. Mais cela m'étonnerait pourtant. Approchons-nous pour essayer de savoir quel est celui du Tamrat.

— Je me demande comment ce Maître Insulaire est parvenu à devenir Tamrat de Lémuria en si peu de temps, remarqua Kakuta.

— Il avait l'embarras du choix. N'oubliez pas que la puissance technique la plus développée des deux galaxies a été édifiée par nos ennemis. Nevis-Latan n'a sans doute pas eu de problème pour devenir Tamrat des Transports de Lémuria.

Ils replongèrent dans les profondeurs, puis le téléporteur reprit :

— Savez-vous à quoi je pense ? Je me dis que si plusieurs Maîtres Insulaires débarquent sur la Terre dans le temps réel et s'adjugent quelques positions élevées, nous ne pourrons leur opposer aucune résistance.

— Taisez-vous ! protesta violemment Rhodan. De telles pensées ne peuvent que nous détourner de notre mission actuelle.

— Je le sais bien, reconnut le mutant. Mais je ne peux pas l'oublier.

Rhodan aurait pu lui avouer qu'il songeait aussi à cette éventualité, mais à quoi bon saper le moral de ses hommes ? Pour le moment, ils ne pouvaient venir en aide à l'humanité du temps réel. Leurs préoccupations actuelles étaient d'un tout autre ordre.

Ils longèrent le quai en nageant sous l'eau, dépassant de nombreuses embarcations dont ils voyaient distinctement le fond, et finirent par arriver à hauteur du premier submersible. A tâtons, ils explorèrent la carcasse, puis Rhodan examina l'hélice. Ils évitèrent toutefois de prendre le risque de revenir à la surface de l'eau aussi près de la rive. Puis ils passèrent au second, plus gros que le premier, ce qui en soi ne voulait rien dire. Rien en effet ne leur permettait de deviner s'il appartenait à Nevis-Latan.

— Il faut aller examiner l'autre flanc des engins, remarqua Rhodan.

— C'est impossible, ils sont pratiquement collés au quai, répliqua Kakuta.

Le plus grand pouvait avoir environ dix-huit mètres de longueur. Rhodan réussit tant bien que mal à en faire le tour et finit par découvrir un sas au milieu de la coque.

— Je crois que nous avons découvert le bon numéro, dit-il à son compagnon.

Ils revinrent vers le premier sous-marin, plus petit que l'autre, mais dépourvu de sas.

— Maintenant il ne nous reste plus qu'à attendre, dit Kakuta.

— Ici ? — Rhodan secoua la tête en signe de dénégation. — Il ne manquera pas de Lémuriens pour venir voir le Tamrat se glisser dans son embarcation. S'il n'a pas démarré au bout d'une heure, ils ne manqueront pas de s'étonner. Non, nous ne pouvons pas nous attaquer ici à Nevis-Latan.

— En pleine mer alors ? En quittant le port, le submersible peut prendre n'importe quelle direction.

— Quoi qu'il en soit, il sera bien obligé de passer près de l'île, déclara Rhodan.

Kakuta siffla entre ses dents.

— Bien sûr ! J'avais oublié. Donc, nous allons regagner l'île et l'attendre là-bas ? Il sera sans doute en plongée à ce moment-là, de sorte que nous n'avons pas à craindre d'éventuels spectateurs indésirables.

— Bon, on fait demi-tour et on va chercher les autres, déclara Rhodan, en espérant qu'ils auraient le temps de devancer le Tamrat.

Une chose était certaine, Nevis-Latan pouvait arriver à tout moment à Wor-Kartan. Une fois sorti du bassin portuaire, Rhodan se retourna pour jeter un coup d'œil sur les bateaux à quai.

— Kakuta ! s'écria-t-il soudain.

Les deux hommes émergèrent l'un près de l'autre. Muets, ils contemplèrent le port. Le plus gros des deux sous-marins avait appareillé et fonçait à toute allure vers la haute mer.

— Nous ne pouvons plus le rattraper maintenant, dit Rhodan.

Le petit Japonais lança un juron sonore. La déception se lisait sur son visage.

— Allons, du calme, dit Rhodan. Après tout, il faudra bien que Nevis-Latan revienne. Nous allons l'attendre à proximité de l'île.

Kakuta jeta un regard vers la haute mer où venait de plonger le soleil couchant.

— Rien ne dit qu'il repassera de sitôt dans les parages !

— Peu importe, affirma Rhodan. Nous l'attendrons ici aussi longtemps qu'il le faudra.

CHAPITRE IV

Dromm contemplait à tour de rôle ses mains soignées et l'homme qui lui faisait face. Un homme de haute taille, mais dont la tenue laissait supposer qu'il avait passé plusieurs nuits à la belle étoile. Non seulement sa tenue, mais aussi son odeur.

— Qu'est-ce que vous voulez acheter ? demanda-t-il sceptique.

— Un vaisseau spatial, répondit le clochard en ricanant d'un air insolent. Je voudrais acheter un vaisseau spatial.

Dromm se rassit sur sa chaise. Il était habitué à tous les caprices des Lémuriens. Mais qu'un homme qui donnait l'impression de mourir de faim veuille lui acheter un vaisseau spatial, voilà qui dépassait l'imagination.

Il ouvrit un tiroir, prit une pièce de monnaie et la jeta sur la table.

— Tenez, voilà pour vous, dit-il. La plaisanterie n'est pas mauvaise, mais elle a assez duré. Et maintenant, filez !

L'homme ne l'entendait pas de cette oreille. Il se pencha vers Dromm et le fixa d'un regard dur, comme s'il voulait le provoquer. Puis il prit la pièce de monnaie et la renvoya dans son tiroir.

— Je m'appelle Ob Tolareff, dit-il calmement. Je suis Alarien et je voudrais acheter un vaisseau spatial.

Dromm sentit une sueur froide lui couler entre les omoplates. Du coin de l'œil, il loucha vers l'endroit où il cachait son arme.

— Ce n'est pas aussi simple que vous le croyez ! riposta-t-il. Un vaisseau spatial, vous savez, ce n'est pas... euh... un véhicule courant.

— Je le sais bien, l'interrompit l'Alarien. Si j'avais voulu un véhicule courant, je ne me serais pas adressé à vous. Le vaisseau que je cherche ne doit pas mesurer plus de soixante mètres de diamètre.

Dromm se demandait s'il ne perdait pas la raison.

— Si vous permettez, je vais aller chercher mes amis, poursuivit Ob Tolareff. Ils vous confirmeront mon honnêteté.

Dromm savait que deux autres clochards de la même espèce, y compris la puanteur, attendaient dans la pièce voisine. Il ne se sentait pas la force de les affronter.

— Non, non, s'écria-t-il affolé. Nous allons bien trouver un terrain d'entente, tous les deux !

— Certainement, affirma Ob Tolareff avec un petit sourire énigmatique.

— Vous devez bien vous douter qu'un vaisseau... euh... de cette taille coûte très cher ?

— Je connais les tarifs, répliqua Ob Tolareff sans se départir de son calme.

— Vous voulez dire que... que vous disposez d'une telle somme ? demanda-t-il d'une voix tremblante, tandis que sa main se dirigeait imperceptiblement vers le bouton de l'alarme.

Pour la première fois, l'Alarien sembla perdre patience.

— Oui, j'ai l'argent ! lui lança-t-il à la figure en le foudroyant du regard.

L'instinct de l'homme d'affaires se réveilla chez

Dromm. Il avait effectivement entendu parler d'une histoire de barres de piézoquartz apportées sur Lémuria par des Alariens. Peut-être pourrait-il lui refiler un vieux navire au prix fort.

— Bon, dit-il conciliant. Ce n'est pas la peine de vous fâcher !

Il alla chercher dans un tiroir un dossier contenant des photographies de différents types de vaisseaux lémuriens et les étala devant Ob Tolareff.

— Ma société les reçoit directement de la Flotte, annonça-t-il avec une fierté non dissimulée. Vous pouvez donc être certain que...

— Autrement dit, ce sont de vieux rafiots militaires, en déduisit l'Alarien. Cela ne nous intéresse pas.

— Je vous en prie ! protesta Dromm. Ils sont tous dans un état impeccable. Vous ne croyez tout de même pas que...

Atlan se mit à examiner les clichés étalés devant lui sous l'œil visiblement indigné du marchand. Finalement, il lui en présenta un.

— Voilà ce qu'il nous faut, dit Ob Tolareff.

Dromm n'en revenait pas. C'était précisément son meilleur numéro, et il lui faudrait le livrer à ces clochards primitifs !

Il exhiba son sourire le plus méprisant.

— Le *Pertagor* ! Mais mon pauvre ami, avec ce rafiot, vous n'arriveriez même pas à décoller normalement ! Tenez, poursuivit-il en tirant une autre photo de la collection, voici le *Baradas*, c'est exactement ce qui vous conviendrait !

Rhodan prit la photo en main et l'examina de près.

— De quand date ce cliché ? demanda-t-il.

— De quelques jours seulement, mentit Dromm. Regardez-le attentivement. Bien que de petite taille, cet appareil est d'une efficacité inouïe !

— Possible, s'entêta Ob Tolareff, mais c'est le *Pertagor* que nous voulons.

Le marchand bondit sur ses pieds.

— Je ne peux pas prendre cette responsabilité. Ce serait du suicide pur et simple !

— S'il est si mauvais que vous le dites, vous pourrez nous faire un gros rabais sur le prix, conclut l'Alarien imperturbable.

Dromm se rassit en soupirant. Ce clochard n'était pas aussi naïf qu'il l'avait pensé au premier abord.

— Je ne vous vendrai rien du tout, déclara-t-il. Ni le *Pertagor*, ni aucun autre. Je n'ai pas envie de ruiner ma réputation d'homme d'affaires sérieux.

A ce moment précis, le télécom grésilla sur la table de Dromm. Il appuya sur la touche « récepteur », en essayant de gagner du temps afin que l'Alarien comprenne qu'il devait quitter la pièce pour le laisser parler en paix. Peine perdue. L'écran s'activa et un visage juvénile apparut. Dromm ouvrit de grands yeux sidérés.

— Est-ce que vous avez déjà reçu la visite de mes amis, Dromm ? demanda une voix presque enfantine.

— Quels amis ? demanda le marchand. Ecoutez, Tannwander, je suis très occupé en ce moment.

— C'est nous qui sommes les amis de Tannwander, s'interposa Ob Tolareff.

Dromm faillit en perdre le souffle. D'autant plus que Tannwander souriait sur l'écran.

— Comment sont-ils, vos amis ? demanda-t-il.

— Ils ressemblent à des vagabonds. Ce sont des Alariens. Leur chef s'appelle Ob Tolareff. Je souhaite que vous les serviez correctement. Quant au règlement, c'est moi qui m'en chargerai.

La communication fut coupée brusquement.

— Pourquoi ne m'avez-vous pas dit tout de suite que vous étiez des amis de Tannwander ? grogna Dromm. Cela nous aurait fait gagner du temps !

— Je ne pensais pas que c'était nécessaire, dit l'étranger non sans un soupçon d'ironie. Je croyais que vous vendiez votre marchandise à tout le monde.

— Bon, vous pouvez avoir le *Pertagor*, conclut le marchand. Vous verrez, c'est un navire exceptionnel.

Il prit un formulaire de contrat dans son tiroir, y apposa son nom et le tendit à Ob Tolareff.

— Bien entendu, il vous faut un brevet de pilote, dit-il encore.

— Il se trouve entre les mains du Tamrat Ostrum, répondit Ob Tolareff. Tannwander va aller le récupérer lui-même.

Dromm déchira la photographie du *Pertagor* et la jeta dans la corbeille à papiers d'un geste rageur.

— Au fait, pourquoi avez-vous besoin de ce navire ?

Mais il ne reçut pas de réponse. Il tendit un des exemplaires du contrat signé à l'Alarien.

— Je vous accompagne jusqu'au spatioport, dit-il encore. Vous pourrez l'examiner tout à loisir.

Ils rejoignirent les deux Alariens restés dans la pièce voisine, mais Dromm ne leur accorda même pas un coup d'œil. Il s'enfuit littéralement pour échapper au sourire ironique de celui qui se faisait appeler Ob Tolareff.

CHAPITRE V

Le murmure monotone des vagues avait un effet anesthésiant. Rhodan contemplait la surface ondulée de la mer qui se perdait dans l'infini. Quelque part sous l'eau, Tako Kakuta et André Lenoir attendaient le retour du Maître Insulaire. Le soleil n'allait pas tarder à se lever. Une petite brise fraîche faisait frissonner le Stellarque.

Doutreval, Redhorse, Surfat, L'Emir et Rhodan s'étaient mis à l'abri entre des rochers sur la côte abrupte de l'île, en face du port de Palar. Tout était encore calme à cette heure matinale. Seuls quelques oiseaux qu'on aurait pu prendre pour des mouettes tournoyaient au-dessus de l'île.

Lémuria, se dit Rhodan avec émotion. On se croirait sur Terre. S'il ne réussissait pas à revenir dans le temps réel, il pourrait peut-être envisager de commencer une nouvelle existence avec ses amis sur cette planète. Mais au fond de lui-même, il doutait que ce fût possible. En fait il n'y avait qu'une alternative à leur situation : ou bien ils réussiraient, ou bien ils seraient anéantis par leurs ennemis.

L'Emir dormait, Brazos Surfat aussi. Don Redhorse était assis sur un rocher proche de l'eau, tel une statue de pierre. Olivier Doutreval rêvait tout éveillé d'un bon bain.

— Et si j'allais remplacer Kakuta ? proposa-t-il à Rhodan.

— Non. Grâce à leur activateur, Lenoir et Kakuta ignorent la fatigue. Ils peuvent rester très longtemps sous l'eau sans en souffrir.

— Dès le point du jour, il nous faudra lever le camp, dit Redhorse. Sinon nous risquons de provoquer la curiosité des visiteurs avec nos spatiandres.

Rhodan acquiesça d'un signe de tête. Encore deux ou trois heures, et ils seraient obligés de plonger et de rester sous l'eau. Tous sauf L'Emir qui n'avait pas de spatiandre et devrait se cacher parmi les rochers.

— Et si le Maître Insulaire ne revenait plus ? dit Doutreval en se levant.

— Il reviendra, assura Rhodan. N'oubliez pas qu'il a pour mission de nous attendre.

Doutreval commença à se dévêtir.

— Voyez-vous un inconvénient à ce que je prenne un bain ?

— Pas du tout, répondit Rhodan. Mais sans savon, vous aurez du mal à vous décrasser ! Vous y gagnerez tout au plus un rhume.

— Tant pis ! Je préfère un rhume à cette odeur pestilentielle que je traîne partout avec moi.

Il revint au bout de quelques minutes en grelottant et s'ébroua le plus près possible de Surfat qui détestait l'eau. Le sergent poussa des cris d'orfraie.

A ce moment-là, le microcom de Rhodan s'activa et la voix de Kakuta se fit entendre.

— Il y a une embarcation qui s'approche du port, annonça-t-il d'une voix excitée.

— Un submersible ? demanda Rhodan.

— Oui, je crois.

Rhodan fit un signe à ses compagnons.

— Mettez vos spatiandres ! Il faut plonger au plus vite.

Il éveilla L'Emir pour lui annoncer l'arrivée du sous-marin.

— Ce ne peut être que notre ami, ajouta-t-il. Nous allons jeter un coup d'œil sur cette embarcation. Toi, petit, reste en contact télépathique avec moi. Il est très important que toi et Kakuta, vous vous téléportiez en même temps à l'intérieur du sous-marin. Vous neutraliserez immédiatement Nevis-Latan avec vos paralysateurs, avant qu'il ait eu le temps de saisir ses armes défensives paraphysiques. N'oubliez pas que le Tamrat s'attend à être agressé par des mutants. Il ne faut pas qu'il reprenne conscience.

— A force de baratin, tu vas finir par rater le bateau, commenta simplement L'Emir.

Les quatre hommes étaient prêts. Rhodan boucla son casque et brancha le respirateur. Puis ils se glissèrent dans l'eau et s'éloignèrent à la nage, Rhodan en tête. C'est lui qui donna le signal de la plongée.

Peu de temps après, ils se heurtèrent à André Lenoir. Kakuta attendait un peu plus loin.

— Ce submersible est le même que celui que nous avons vu dans le port, déclara le téléporteur par microcom. Il vogue lentement vers la côte.

— Il faut que vous sautiez à bord en même temps que L'Emir. Je vais le prévenir et je vous donnerai le signal. Dès que vous y serez, servez-vous de votre paralysateur pour neutraliser le Tamrat.

Rhodan entendit la respiration bruyante du mutant. Manifestement Kakuta était conscient de la gravité de l'instant. Si lui et le mulot n'arrivaient pas à maîtriser Nevis-Latan, ils pouvaient faire une croix sur leurs espérances de retour dans le temps réel.

— Paré, dit Kakuta.

« Attention, petit ! pensa intensément Rhodan. A toi de jouer maintenant ». Il savait que L'Emir était aux aguets et qu'il suivait toutes ses pensées par télépathie. « Vas-y ! ».

Les quatre hommes en plongée ne pouvaient plus qu'attendre le résultat de l'intervention de Kakuta et de L'Emir. Le Japonais était chargé d'ouvrir la porte du sas dès que possible.

Mais il se pouvait aussi que le Maître Insulaire ait flairé l'agression et fait de son sous-marin un piège dans lequel L'Emir et Kakuta se feraient prendre.

Rhodan chassa aussitôt cette pensée de son esprit.

*
* *

Le submersible glissait nonchalamment dans l'eau, tel un poisson géant. Tako Kakuta était prêt à s'y téléporter, mais contrairement à son habitude, il se sentait nerveux. Il savait que son projecteur d'écran le mettait à l'abri des détections. Néanmoins, il n'arrivait pas à chasser de son esprit l'idée que le Maître Insulaire aussi pouvait être invisible et inaccessible aux détections, et qu'il l'observerait, un sourire moqueur aux lèvres.

— Paré ? dit la voix de Rhodan dans le microcom.

— Paré, répondit Kakuta d'une voix mal assurée.

Tout son être se tendit. Il savait que quelques secondes seulement le séparaient du saut décisif qui allait fixer son destin et celui d'un grand nombre d'êtres humains.

— Allez-y ! dit Rhodan.

Kakuta réagit par réflexe. Malgré ses craintes, il se téléporta comme toujours. Son corps se déchira sous l'effet du champ de force parapsychique et fut catapulté dans un milieu inconnu. Puis il sentit qu'il se rematérialisait. C'était une sensation presque douloureuse, celle d'être serré dans une carapace beaucoup trop étroite, celle aussi d'une contraction de toute la peau. Kakuta ne put retenir une plainte. L'opération ne dura qu'une fraction de seconde, puis tout redevint clair autour de lui.

D'un seul coup, il prit conscience de son nouvel environnement. Son esprit recommença à travailler avec une précision fulgurante.

Il se trouvait à bord d'un sous-marin piloté par un ennemi impitoyable de l'humanité. D'un geste purement instinctif, il prit en main son paralysateur.

CHAPITRE VI

Au petit jour, l'immense astroport paraissait gris et triste. Quelques Lémuriens à moitié endormis encore commençaient à s'activer autour des différents navires échoués sur cette partie des pistes située à l'écart du bâtiment central. Des lumières continuaient à briller dans les bureaux de l'administration et du contrôle.

Dromm était épuisé. Jamais il n'oublierait la nuit qu'il venait de passer dans un vaisseau spatial en compagnie de trois fous qu'il avait pris au premier abord pour des ignares et des incapables. Entre-temps, il avait bien changé d'avis. La réalité l'avait obligé à reconnaître que ces trois « clochards » s'y connaissaient mieux que lui en pilotage de vaisseaux spatiaux. Ils avaient repéré de minuscules défauts dans le *Pertagor*, qui lui avaient totalement échappé à lui-même.

Mais apparemment tout était terminé, les trois gars semblaient satisfaits. Le plus grand, celui qui se faisait appeler Ob Tolareff, examinait attentivement l'ensemble de l'astroport du haut de la passerelle. Cet homme était étonnant, il semblait ignorer la fatigue. Pendant toute la nuit, il n'avait pas cessé de travailler.

Dire qu'ils étaient des amis de Tannwander ! Jamais Dromm n'aurait pu s'en douter. Or, si on tenait à la vie, il était impossible de résister aux exigences d'un Tannwander ou de l'un de ses amis.

Ob Tolareff descendit lentement de son perchoir. Dromm sentit l'inquiétude lui serrer la gorge. Pourvu qu'il ne vienne pas lui chercher encore des poux dans la tête !

— Vous paraissez fatigué, lui dit le chef des Alariens en arrivant près de lui. Vous n'avez pas l'air de travailler beaucoup en temps normal.

— Je suis un homme d'affaires, et non un mécanicien, déclara fièrement le marchand.

— On a toujours intérêt à connaître tous les détails de son métier, commenta Ob Tolareff avec philosophie. En tout cas, le vaisseau est en parfait état maintenant. Il ne nous reste plus qu'à attendre Tannwander et nos papiers.

— Vous avez l'intention de piloter le *Pertagor* à trois ?

A vrai dire, il les croyait capables de tout, ces Alariens. Il n'aurait même pas été étonné de les voir s'envoler dans l'espace à l'intérieur d'une bulle de savon surdimensionnée.

— Nous emmenons encore quelques-uns de nos amis avec nous, précisa le chef de la bande.

— Des Alariens ?

Ob Tolareff acquiesça d'un signe de tête. Dromm vit émerger du sas les deux autres hommes portant des piles d'outils que lui-même avait charriés toute la nuit. Elles doivent bien peser plus de cinquante kilos chacune, soupira-t-il, anéanti par la fatigue, en faisant mine de s'éloigner.

— Attendez ! s'écria Ob Tolareff. Nous avons encore un petit problème à régler.

Dromm soupira derechef et revint sur ses pas.

— Donnez-nous un peu de monnaie. Nous avons soif et voudrions acheter quelque chose à boire là-bas à la cantine.

— Autrement dit, vous n'avez pas du tout d'argent sur vous ?

— Pas de petite monnaie, précisa l'Alarien.

Il tira quelques pièces de sa poche et les tendit à l'homme qui venait d'acquérir son meilleur vaisseau spatial.

— N'oubliez surtout pas de me rendre les outils, sinon je vais avoir des difficultés.

Aussitôt il s'éloigna à grandes enjambées sans même prendre congé de ses clients. Atlan le suivit des yeux ; un petit sourire moqueur se jouait sur ses lèvres. Papageorgiu et Chard Bradon chargèrent les outils sur un chariot de montage. Au moment où ils s'éloignaient, Tannwander arriva à leur rencontre, aux commandes d'un petit engin volant.

— Qu'est-ce que vous pensez de notre nouvelle acquisition ? lui demanda Atlan.

Le jeune homme jeta un coup d'œil sur le *Pertagor*.

— Il est beau. Beau et cher, répondit-il.

— Vous avez nos papiers ?

Le Lémurien tira de sa poche une liasse de papiers sales et la tendit à Atlan.

— Ostrum a été obligé de rendre les barres de piézo-quartz, mais il a bien l'intention de se venger. Il va essayer de vous accuser du meurtre de Trahailor.

— Peut-il vraiment se le permettre ?

— Oui. Etant donné qu'il vous a rendu votre bien, nous n'avons plus aucun moyen de pression contre lui. Il est à la fois furieux et vexé, et capable de tout dans cet état d'esprit.

— Qu'allons-nous faire ? demanda Atlan.

— Pour l'instant, rien. Ostrum doit laisser passer quelques jours avant de déposer plainte contre vous, sinon il se mettrait lui-même en danger. Il faut qu'il efface toute trace de son activité illégale à Stolark. Dès que ce sera fait, il partira en campagne. Il commencera sans doute par lancer contre vous une interdiction de quitter les lieux.

— Autrement dit, il est plus que temps pour nous de prendre le large ?

— En effet. Je ne peux pas mobiliser mon organisation contre un Tamrat qui a l'opinion publique pour lui. Tout ce que je peux faire, c'est vous procurer une cachette si le torchon brûle.

— Commençons par nous rafraîchir, proposa Atlan, beaucoup moins inquiet des désirs de vengeance d'Ostrum que ne le supposait Tannwander.

Le jeune homme fit la grimace.

— Je n'ai ni le temps ni l'envie de vous accompagner, déclara-t-il. Je vous ai déjà sacrifié beaucoup de temps. Là-bas sur mon île, ils ont presque oublié que j'existais.

Atlan sourit.

— On se souviendra vite de vous dès que vous rentrerez au logis. Quant à nous, nous avons encore besoin de vous. Il faut que vous nous emmeniez à Wor-Kartan.

En quelques manipulations, Tannwander programma le pilotage automatique de son glisseur. Puis il monta dans le transporteur piloté par Papageorgiu en exhalant un long soupir.

— Vous allez me manquer quand vous aurez quitté Lémuria, dit-il sur un ton sarcastique.

L'aspirant démarra brutalement et s'éloigna à toute allure vers les bureaux.

— Rapportez les outils à l'atelier, lui ordonna Atlan. Vous nous rejoindrez à la cantine.

Tannwander regarda l'Arkonide d'un air de reproche.

— Vous allez avoir des problèmes si vous allez à la cantine dans cette tenue, lui dit-il.

Atlan s'abstint de répondre. Ils descendirent du transporteur et Papageorgiu poursuivit son chemin. Tannwander conduisit Atlan et Bradon dans la salle à manger, presque vide à cette heure matinale. Un serveur à la mine inquiétante s'approcha d'eux lorsqu'il les vit prendre place à une table et leur enjoignit de passer par le cabinet de toilette.

Atlan se réagit pas.

— Mes amis sont des Alariens, intervint Tannwander. Ils ne sont pas au courant de nos coutumes.

— Il est plus que temps qu'ils se renseignent alors ! s'écria le serveur en saisissant Bradon au collet.

A ce moment-là, un autre Lémurien s'approcha de lui et lui murmura quelques mots à l'oreille. Il jeta un coup d'œil sur Tannwander et lâcha aussitôt sa victime.

— Je ne savais pas qui vous étiez, dit-il pour s'excuser. Je suis désolé. Je voulais seulement faire une blague.

— Allez-vous en ! cria Tannwander furieux.

L'autre ne se le fit pas dire deux fois.

— A ce que je vois, votre présence sème la crainte partout où vous passez, constata Atlan.

Tannwander haussa les épaules. Il appuya sur une touche placée sous la table. Quelques secondes plus tard, une partie du dessus se releva et trois gobelets pleins apparurent. Mais avant qu'ils aient commencé à se désaltérer, un grand bruit provenant de l'entrée de la salle leur fit redresser la tête. Trois Lémuriens en uniforme se présentèrent et examinèrent les lieux.

— C'est la police d'ordre ! siffla Tannwander entre ses dents. Pourvu qu'Ostrum n'ait pas déjà frappé son grand coup !

Les trois policiers s'approchèrent de la table où étaient installés Atlan, Bradon et Tannwander. L'Arkonide essaya de trouver discrètement une échappatoire, maudissant au fond de lui-même cette idée saugrenue qu'il avait eue de venir se rafraîchir à la cantine. Pourquoi n'était-il pas parti immédiatement pour Wor-Kartan ? Il aurait évité cet affrontement avec la police d'Ostrum.

Le porte-parole du trio s'adressa à Tannwander.

— Vous êtes avec ces trois hommes ?

— Ce sont mes amis, répondit le Lémurien d'une voix impassible. Que leur reproche-t-on ?

— Il y a dehors un jeune Alarien du nom d'Assaraf,

expliqua le policier. Il prétend que c'est vous qui paierez les dégâts.

— Les dégâts ? répéta Tanwwander. Quels dégâts ?

Le fonctionnaire esquissa un geste du bras comme s'il s'agissait d'une affaire sans intérêt.

— Voilà trois ans que nous n'avons plus eu d'accident sur le spatioport. Mais votre jeune ami, celui qui conduisait un transporteur, a accroché l'étançon d'un vaisseau privé et a perdu le contrôle de son véhicule. Il a renversé une passerelle. Nous avons été obligés de le sortir des débris, ce qui n'a pas été très agréable étant donné... euh... l'odeur qu'il dégageait.

— Il est blessé ? demanda Atlan.

— Non. Mais nous devons le garder jusqu'au remboursement des dégâts. Vous n'ignorez pas que c'est un étranger.

Atlan jeta un coup d'œil sur Tannwander qui baissa la tête en soupirant.

— Bon, d'accord, grogna-t-il. A combien revient cette petite plaisanterie ?

Le policier lui indiqua la somme.

— Oh ! fit simplement Tannwander.

Il remplit un bon qu'il remit à l'homme en uniforme. L'affaire était réglée. Tannwander repoussa son gobelet.

— Je n'en ai plus envie. Décidément, je n'ai que des ennuis avec vous !

— Emmenez-nous le plus rapidement possible à Wor-Kartan, et vous serez débarrassés de nous à tout jamais.

Ils quittèrent la cantine et se heurtèrent à Papageorgiu sur le seuil. Un Papageorgiu portant un pansement sur la tête et qui marchait en boitillant.

Atlan lui fit signe de les suivre en silence. Tannwander l'ignora complètement, tant il fulminait. Bradon haussa les épaules. C'est toujours la même chose avec ces aspirants officiers, se dit-il. On ne peut pas compter sur eux.

CHAPITRE VII

A trois mètres seulement de Tako Kakuta, Nevis-Latan, confortablement installé dans un imposant fauteuil, observait le mutant. Le téléporteur vit l'Emir se matérialiser derrière le Maître Insulaire. Le calme de son adversaire avait le don de le déconcerter et de lui troubler l'esprit.

Soudain, sans que rien n'ait pu le laisser prévoir, le Tamrat passa à l'action. Kakuta venait de perdre quelques précieuses secondes, et ce retard lui aurait été fatal si L'Emir n'était pas intervenu à temps.

Lorsque Nevis-Latan se pencha pour essayer d'atteindre une commande, L'Emir brandit son paralysateur. Sans s'en rendre compte, Kakuta baissa aussi son levier de détente. Nevis-Latan se figea dans sa position inclinée, son visage se transforma en un masque immobile. Son buste s'écrasa sur le pupitre de commande.

L'Emir se détourna de lui sans pitié.

— Vite ! cria-t-il de sa voix grêle. Il faut absolument stopper le sous-marin.

Kakuta eut du mal à détourner son regard du Maître Insulaire. Il n'arrivait pas à réaliser que cet adversaire redoutable gisait inconscient devant lui.

Quelques instants seulement leur suffirent pour contrôler les commandes du bateau.

— Et maintenant, la touche de réglage de l'ouverture du sas, dit L'Emir.

Le calme du mulot confondait Kakuta. Quand les circonstances étaient graves, on pouvait lui faire confiance, il savait alors renoncer à ses plaisanteries infantiles.

Ils noyèrent le sas, puis L'Emir ouvrit le sabord extérieur. Un coup d'œil sur l'écran lui confirma que tout se passait comme il le souhaitait.

— Maintenant il ne nous reste plus qu'à attendre les autres, déclara-t-il.

L'Emir s'installa dans le fauteuil du Tamrat et Kakuta ouvrit son casque avant de repousser le corps inerte de Nevis-Latan, effondré sur le pupitre. Il s'attendait à chaque instant à ce que cet être dangereux leur réserve une mauvaise suprise.

— Les voilà ! s'écria soudain L'Emir en montrant l'écran.

Kakuta vit cinq formes humaines se faufiler dans le sas inondé. Il attendit le signal, puis appuya sur une touche pour le vider. Un afflux d'air respirable remplaça l'eau. Kakuta ouvrit la porte intérieure et, quelques secondes plus tard, les cinq hommes pénétraient dans le poste de commande.

Rhodan ôta son casque et contempla le Maître Insulaire réduit à l'impuissance. Le Stellarque cachait bien son émotion, mais pour Kakuta, qui le connaissait depuis longtemps, le léger tremblement des sourcils et le mouvement inhabituel des lèvres étaient révélateurs.

— Voilà une bonne occasion de faire la fête ! dit Surfat. Si nous en avions le temps bien sûr.

— Tu pourrais peut-être en profiter pour me faire cadeau d'une carotte, proposa le mulot.

— Tout s'est passé comme prévu ? demanda le Stellarque.

Il se pencha et posa sa main sur les yeux de l'homme immobile, qui n'eut pas la moindre réaction.

— Il ne s'attendait pas à ce qui lui est arrivé, expliqua Kakuta. Mais il a tout de même essayé de manipuler le tableau de commande avant d'être frappé par le paralysateur.

— Je ne peux pas atteindre ses pensées, dit L'Emir. Même dans cet état, son blocage mental continue à fonctionner.

Rhodan l'avait prévu. Nevis-Latan restait insensible aux moyens parapsychiques. Du moins pour le moment.

— Il s'agit d'un blocage d'une puissance extrême dans le centre de la conscience. Il nous faudrait des semaines pour arriver à le forcer, remarqua André Lenoir. Je pense qu'il a été édifié aussi à l'aide de moyens parapsychiques.

— Le temps nous est compté, remarqua Redhorse. (Puis, sans regarder Rhodan, il poursuivit :) Etant donné les circonstances, on peut se demander si le psychodélieur ne serait pas le meilleur moyen de briser la résistance de cet homme.

— Attendons l'arrivée d'Atlan, répondit évasivement Rhodan. (Puis, se tournant vers Kakuta, il ajouta :) Transportez-vous dans le glisseur. Dès que Papageorgiu, Bradon et Atlan arriveront, qu'ils revêtent leur spatiandre et nous rejoignent dans le sous-marin. Nous nous rendrons tous ensemble à proximité des récifs avec le bateau.

— Cette décision revient au capitaine ! s'écria L'Emir.

— Quel capitaine ? interrogea Rhodan pendant que Kakuta se dématérialisait. Le capitaine gît inconscient sous nos yeux.

— D'après les lois ancestrales de la piraterie, c'est celui qui a réussi à conquérir un navire et à en neutraliser le capitaine qui prend la fonction du vaincu. Autrement dit, moi, énonça l'Emir. En outre, c'est moi qui occupe sa place en ce moment.

— Que vient raconter là ce nabot ridicule ? demanda

Surfat comme s'il avait mal entendu. Faut-il comprendre qu'on va devoir obéir à ses ordres ?

— Toutes voiles dehors ! cria le mulot. Un homme à la hune !

Il dédia à Don Redhorse un clin d'œil protecteur.

— Et toi, remplis immédiatement ta fonction de chef de la cambuse, décida-t-il. Arrange-toi pour te procurer quelques carottes.

— A vos ordres, capitaine ! répondit Redhorse en claquant des talons.

— Ça suffit maintenant ! intervint Rhodan qui connaissait bien le mulot et savait que, fort de son succès, il poursuivrait la plaisanterie au-delà des limites raisonnables pour le seul plaisir de mettre ses amis en boîte.

— Un moussaillon qui se permet d'être insolent ? Qu'on le jette à l'eau !

Ce disant, L'Emir sauta à bas de son fauteuil de capitaine avant que Rhodan ait pu l'atteindre.

Le Stellarque étudia le tableau de commande du submersible. Personne sur Lémuria ne se doutait de ce qui venait de se passer à Wor-Kartan. Il s'écoulerait donc un peu de temps avant qu'on ne recherche le Tamrat. Le temps pour eux de trouver la station immergée du Maître Insulaire.

Or, Nevis-Latan était le seul à la connaître. Rhodan se demandait si, dans ces conditions, il ne serait pas judicieux d'utiliser le psychodélieur. Le Maître Insulaire était un assassin. Pire encore, il représentait une organisation qui mettait en péril les peuples stellaires pacifiques de deux galaxies.

Redhorse et Surfat eurent tôt fait de dénicher des cordes pour ligoter Nevis-Latan. Rhodan pilota le sous-marin vers les récifs. Il espérait qu'entre-temps Atlan aurait réussi, avec l'aide de Tannwander, à acheter un astronef en bon état.

Nevis-Latan poussa un grognement. Aussitôt, Rhodan

confia les commandes à Redhorse et se pencha vers le Tamrat. Certes, il gardait les yeux fermés, mais il avait certainement repris conscience, même si la paralysie du corps allait encore se prolonger un certain temps.

— Notre arrivée brutale vous surprend-elle ? demanda Rhodan.

Un léger frémissement des paupières le trahit : le paralysé avait compris la question. Ses lèvres se mirent à trembler. Manifestement Nevis-Latan essayait de parler, sans avoir repris le contrôle de son corps.

Rhodan fit un signe à L'Emir, mais celui-ci secoua la tête.

— Les moyens parapsychiques sont incapables de forcer le blocage de sa conscience, dit-il.

— Et vous, André ? demanda Rhodan au fascinateur.

— C'est sans espoir, commandant, répondit Lenoir. Dans l'état où il se trouve, Nevis-Latan est protégé contre toutes les agressions parapsychiques.

Le Maître Insulaire laissa entendre une sorte de croassement triomphant.

— Ne vous réjouissez pas trop vite ! lui conseilla Rhodan. Nous trouverons bien le moyen de briser votre blocage mental. Nous en avons l'expérience, rassurez-vous. Nous sommes bien venus à bout de celui de l'agent temporel Frasbur !

— Le mien... est... beaucoup plus... puissant..., réussit à prononcer Nevis-Latan. Vous n'avez... aucune chance...

— Vous ne vous attendiez pas non plus à ce que nous vous surprenions, et malgré tout, c'est ce que nous avons fait.

Rhodan cherchait à provoquer la colère du Tamrat. C'était pour eux le meilleur moyen de le faire parler.

Mais Nevis-Latan demeura impassible.

— Si vous forcez... par la violence... mon blocage mental... je mourrai... avant que vous n'ayez... appris quoi que ce soit.

Rhodan et Lenoir échangèrent un coup d'œil. Il était tout à fait possible que le cerveau du Maître Insulaire ait été conditionné par mesure de sécurité : il s'autodétruirait avant d'avoir pu révéler le moindre détail important.

Cette éventualité n'avait pas échappé à Perry Rhodan. Il n'en était pas moins décidé à jouer son va-tout, maintenant qu'ils avaient réussi à capturer un Maître Insulaire détenteur de la clef du retour dans le temps réel. Nevis-Latan lui-même avait quitté le temps réel pour intercepter le *Krest III* et son équipage sur Vario. C'était lui qui tenait en main le moyen de revenir dans le présent.

Soudain, la voix de Don Redhorse l'arracha à ses pensées.

— Nous avons atteint notre objectif, commandant !

— A quelle profondeur ? demanda le Stellarque.

— Dix-sept mètres !

Ils se trouvaient tout près de la rive. Rhodan savait qu'ils devraient s'en aller au plus vite dès qu'Atlan, Bradon et Papageorgiu seraient à bord. Il ne s'agissait pas de courir le risque de voir un plongeur curieux s'approcher de trop près du submersible.

— Posez le sous-marin au fond jusqu'à l'arrivée des trois hommes, ordonna Atlan.

— Qu'est-ce que vous projetez ? demanda Nevis-Latan d'une voix raffermie.

— Nous allons partir en voyage avec vous, répondit Rhodan. Une petite virée jusqu'à votre station immergée.

Le Maître Insulaire éclata de rire d'un air moqueur.

— Quelle station ? Votre imagination vous égare. Je passe tout mon temps libre à faire de la plongée sous-marine. Vous vous trompez complètement dans vos déductions !

Ainsi le Tamrat des Transports de Lémuria était fermement décidé à garder pour lui ses secrets. Rhodan ne s'en étonnait pas, il n'avait jamais compté qu'il parlerait de son plein gré.

— Si vous n'êtes pas prêt à collaborer avec nous, nous pourrons vous enlever votre activateur cellulaire, le menaça le Stellarque.

— Pourquoi pas ? Vous verrez ce qui se passera ! riposta Nevis-Latan sur un ton indifférent.

Rhodan ne le savait que trop. Il n'avait pas oublié le premier Maître Insulaire qu'ils avaient capturé : Regnal-Orton était mort dès qu'on lui avait ôté son activateur. Or, il était hors de question de faire mourir Nevis-Latan. Sa mort signifierait l'exil définitif des Terraniens dans le passé.

Le prisonnier avait dû suivre le cours du raisonnement de Rhodan, car il sourit d'un air satisfait.

— La situation est vraiment désolante pour vous, concéda-t-il. Au moment même où vous vous croyiez certain du succès, vous êtes obligé de reconnaître que ma capture ne vous sert à rien.

Rhodan se débarrassa de son spatiandre. L'assurance du Maître Insulaire ne le surprenait pas.

— Comment avez-vous su que nous débarquerions sur Vario ? s'enquit-il.

— Je suppose que Vario est le nom que vous donniez à cette planète quand vous vous trouviez encore dans le temps réel ? répondit Nevis-Latan non sans subtilité. Grâce aux données précises du détecteur de champ d'annulation, nous avons réussi à suivre à la trace les moindres déplacements de votre astronef. En outre, nous avions les rapports de l'agent temporel Rovza qui, malheureusement, n'a pas réussi à vous anéantir avant votre sortie du Système Solaire.

Rhodan ne se souvenait que trop bien de cette décharge fulgurante lancée de la forteresse lunaire, à laquelle ils avaient échappé de justesse.

— Malgré cela, bien que vous nous attendiez, nous

avons réussi à vous duper, dit-il à Nevis-Latan. Vous n'êtes pas invincible, Tamrat.

— Laissez tomber ce titre vide de sens, proposa Nevis-Latan. Il m'a seulement servi de prétexte pour pouvoir me déplacer en toute liberté sur Lémuria.

— Pourquoi avez-vous assassiné le Tamrat Trahailor ?

Cette fois, le captif ne put cacher sa surprise. Il fronça les sourcils, car il ne s'attendait pas à ce que ses ennemis soient au courant de ce meurtre.

— Vous vouliez prendre sa place, n'est-ce pas ?

— Trahailor était un homme intelligent, répliqua le prisonnier. Il n'a pas tardé à se demander comment un illustre inconnu venu de province avait réussi à devenir en si peu de temps un homme politique du plus haut niveau.

— Autrement dit, il était sur les traces de votre secret. Voilà pourquoi vous l'avez condamné à mort.

— Il représentait un danger pour notre organisation, expliqua Nevis-Latan sans le moindre état d'âme. Vous devriez savoir que nous n'hésitons pas à liquider les personnes de cette espèce.

— A assassiner, vous voulez dire, corrigea Rhodan.

Tako Kakuta se rematérialisa dans le poste de commande. Il fit un signe de tête à Rhodan.

— Atlan est arrivé il y a quelques minutes en glisseur avec ses compagnons. Ils seront tous les trois ici d'un instant à l'autre. Tannwander est avec eux, mais lui, il nous attendra près du glisseur.

— Tannwander ? l'interrompit Nevis-Latan. Est-ce à dire que vous êtes en contact avec le chef de l'organisation clandestine de Lémuria ?

— Oui, nous avons conclu une alliance avec lui.

Le Maître Insulaire exhiba un sourire moqueur. Il semblait deviner que Tannwander n'avait pas conclu cette alliance de son plein gré.

— Je suppose que vous commencerez mon traitement dès que vos amis seront à bord, dit-il.

— Exactement, confirma Rhodan. Réfléchissez bien pour savoir si vous ne préférez pas parler avant d'en arriver là.

— Je n'ai qu'un seul souhait, riposta le Maître Insulaire. Lavez-vous les mains avant de me toucher.

CHAPITRE VIII

Dans le sas du submersible, Atlan, Bradon et Papageorgiu attendaient la fin du pompage de l'eau. La pensée que Rhodan et ses hommes avaient réussi à capturer le Maître Insulaire ne rassurait même pas l'Arkonide. Il prévoyait d'interminables discussions avec son ami sur la question du traitement à appliquer à ce bandit.

Soudain, le réduit s'illumina. La porte intérieure du sas glissa. Les trois hommes se rendirent directement dans le poste de commande. Nevis-Latan, dûment ligoté, gisait sur la table au centre de la pièce. Atlan lui jeta un coup d'œil avant d'ôter son casque et son spatiandre.

— Après bien des discussions, nous avons enfin trouvé un vaisseau en bon état, dit-il à Rhodan. Il est à notre disposition dès maintenant. Mais nous devons nous dépêcher de quitter Lémuria car Ostrum est déjà parti en chasse contre nous.

— Tout dépend du temps qu'il nous faudra pour faire parler Nevis-Latan, répliqua le Stellarque.

Nous y voilà, se dit Atlan. Je vais lui proposer d'avoir recours au psychodélieur, et il va me tenir un discours de moralisateur.

— Etant donné les circonstances, il vaudrait sans doute mieux utiliser le psychodélieur, déclara froidement Rhodan.

Atlan n'en croyait pas ses oreilles. Il eut du mal à cacher son soulagement.

— Nevis-Latan possède un blocage mental très puissant que ni L'Emir ni Lenoir ne peut briser, poursuivit Rhodan. Il nous a d'ailleurs dit lui-même que si on le forçait, il mourrait.

— Tout dépend d'André Lenoir, commenta Atlan. Dès que nous aurons réussi à forcer son blocage mental à l'aide de l'appareil, il faudra que le fascinateur intervienne pour capter le flux mental d'autodestruction.

— Autrement dit, l'utilisation du psychodélieur ne nous garantit pas le succès de l'entreprise ?

— Non. Mais c'est notre unique chance, conclut Atlan.

Il était persuadé que le cerveau du Maître Insulaire était en effet équipé d'un circuit de sécurité : dès qu'il serait sur le point de livrer les secrets des Maîtres Insulaires, Nevis-Latan succomberait à une attaque d'apoplexie ou à toute autre forme de mort subite. André Lenoir était le seul capable de l'empêcher d'en venir à cette extrémité : il fallait qu'il guette le moment précis où il devait intervenir pour neutraliser le flux mental du Tamrat.

L'Emir débarqua sans se faire annoncer et s'interposa entre l'Arkonide et l'homme étendu sur la table.

— Maintenant que nous le tenons, il est évident que nous allons nous occuper de lui ! pépia-t-il avec énergie.

— C'est le capitaine qui parle ! expliqua Redhorse.

Le mulot lui jeta un regard fulgurant.

— Vous êtes tous devenus fous, intervint Nevis-Latan.

— Maintenez-lui solidement la tête, ordonna Atlan.

— Vous voulez me tuer ? demanda le faux Tamrat de la voix placide d'un homme qui se préparait à assister à une expérience scientifique dans laquelle il n'était nullement impliqué.

Doutreval et Redhorse lui attachèrent la tête de

manière à ce qu'il ne puisse plus la bouger. Atlan posa le psychodélieur sur la table, juste derrière son crâne.

— Est-ce que cela va me faire mal ? demanda le Tamrat.

— Taisez-vous ! bougonna Rhodan.

Nevis-Latan ricana en essayant de tourner les yeux pour voir l'appareil. Mais il n'y réussit pas et fit la grimace. Atlan fixa la bande élastique portant les câbles et les fiches autour de la tête du prisonnier.

— Ce ne sera sûrement pas une partie de plaisir, le prévint-il. Vous êtes sûr de ne pas vouloir parler de votre plein gré ?

— Commencez donc votre numéro ! grogna Nevis-Latan en guise de réponse.

Atlan regarda Rhodan. Le Stellarque semblait encore indécis. S'il n'avait pas posé d'objection à l'utilisation de l'appareil, il n'avait pas encore donné le feu vert. On aurait entendu une mouche voler dans le poste de contrôle du sous-marin. Sans même s'en rendre compte, tous les hommes avaient les yeux fixés sur le commandant.

— Allez-y ! ordonna Perry Rhodan.

Atlan eut du mal à retenir un soupir de soulagement. Il brancha le psychodélieur. Aussitôt, le corps de Nevis-Latan se cabra. Il roula des yeux fous, on ne voyait même plus ses pupilles. Puis très rapidement, son corps se relâcha.

— C'est tout ? demanda Rhodan d'une voix sans timbre.

— Ce n'est que le commencement, répondit Atlan. Il possède un blocage incroyablement puissant.

— Je vous tuerai tous tant que vous êtes ! hurla le Maître Insulaire d'une voix stridente. Je vous écorcherai vifs !

— Nom d'une planète endormie ! s'écria Redhorse. Il perd la raison !

— Lenoir ! appela le Stellarque. Attention, c'est le moment !

Le prisonnier faisait entendre des gargouillements inarticulés. Il était impressionnant à voir avec son visage hâve et blafard, ses yeux fixes et ses pupilles dilatées. Atlan se mordit les lèvres.

— Tourne, ma petite danseuse ! hurlait le malheureux. Tourne encore ! Tourne, tourne, tourne !

La folie brillait dans son regard.

— Coupez le courant ! s'écria Rhodan. C'est insoutenable !

— Attendez encore un peu, commandant. — André Lenoir s'était approché de la table. — Je crois que je vais pouvoir le tenir.

Atlan jeta un coup d'œil sur le Terranien qui serrait les poings d'un air désespéré. Il donnait l'impression de vouloir se précipiter sur le psychodélieur pour le mettre en pièces. Nevis-Latan poussa un cri horrible, puis prononça quelques mots incompréhensibles.

Lenoir se mit à trembler. Son front se couvrit de perles de sueur. Il se tenait plié en deux, la tête baissée au-dessus de la table.

Soudain, Nevis-Latan retrouva son calme.

— Il est mort ? s'enquit Kakuta.

Lenoir fit demi-tour et se laissa tomber dans le fauteuil du capitaine, la figure enfouie dans ses mains. Atlan se pencha sur le prisonnier. L'homme respirait normalement. Il fixa sur l'Arkonide un regard totalement inexpressif.

— Ça y est, s'exclama Lenoir, je le tiens. Je le contrôle !

— Toutes mes félicitations, dit Atlan en se redressant.

Mais le mutant secoua la tête d'un air indigné.

— Taisez-vous. Je ne veux pas de vos félicitations.

L'Arkonide ôta la bande de caoutchouc de la tête de

Nevis-Latan et s'empressa de remiser l'appareil dans un coin. Il se sentait comme un voleur pris en flagrant délit.

— J'arrive à atteindre toutes ses pensées comme si elles étaient étalées devant moi, déclara L'Emir. Il pense à la station temporelle.

— Je le tiens sous mon contrôle, ajouta Lenoir. Je maintiendrai son blocage hypnotique. Tant qu'il sera dans cet état, il ne pensera plus qu'à ce qu'il veut nous cacher.

— Est-ce que nous pouvons l'interroger maintenant ? voulut savoir Perry Rhodan.

— Oui, répondit Lenoir. Vous pouvez commencer.

Atlan s'éloigna de la table. Redhorse libéra le prisonnier de ses liens. Nevis-Latan se redressa lentement, comme s'il avait du mal à contrôler ses articulations. Pour un peu, Atlan aurait éprouvé de la pitié pour cet homme qui venait de tomber de son piédestal.

Lui qui détenait un pouvoir quasi illimité, il était devenu l'instrument docile d'un mutant terranien. Nous n'avons pas de quoi être fiers, se dit l'Arkonide. Mais, aussi tragique soit-il, cet épisode n'est qu'une étape stratégique de la lutte impitoyable menée par les Terraniens contre les Maîtres Insulaires. Or, les règles de ce jeu n'ont pas été déterminées par les représentants de l'humanité, mais par les Maîtres Insulaires eux-mêmes.

— L'Emir, tu vas te transporter sur le continent avec le microcom pour expliquer ce retournement de la situation à l'équipage du *Krest III* par un signal d'appel condensé, dit Rhodan au mulot. Puis tu reviendras immédiatement à bord. Major Redhorse, vous prendrez les commandes du submersible. Mettez le cap sur la haute mer. Nevis-Latan va nous mener jusqu'à sa station sous-marine.

Le mulot se dématérialisa. Au même moment, Olivier Doutreval arriva en courant de la pièce voisine.

— Commandant, je viens de faire une découverte formidable !

— Ah oui ? interrogea Rhodan d'un air absent.

— Une petite cabine de douche. Nous allons pouvoir enfin nous laver.

— Il n'en est pas question, décida le Stellarque. L'épisode des Alariens n'est pas encore terminé.

*
* *

Installé au pupitre de commande, Nevis-Latan pilotait son submersible en direction de sa station immergée. André Lenoir le tenait entièrement sous son contrôle, de sorte que le Maître Insulaire ne se rendait même pas compte qu'il était livré pieds et poings liés à ses farouches ennemis.

Un bref interrogatoire du Tamrat avait révélé à Rhodan et à ses hommes que la mission de Nevis-Latan sur Vario consistait effectivement à capturer le *Krest III*. Les Maîtres Insulaires avaient calculé à l'avance l'arrivée de l'ultracroiseur terranien et envoyé sur Lémuria un membre de leur organisation, en l'occurrence Nevis-Latan, au moment précis qu'ils avaient prévu.

Le prisonnier avait également révélé l'existence d'une station qu'il venait visiter à intervalles réguliers, sur les flancs d'un récif sous-marin. Il y disposait même d'un détecteur de champ d'annulation. Par l'intermédiaire de ce détecteur particulier, il pouvait aussi communiquer avec ses hommes dans le temps réel et recevoir leurs messages.

Ces quelques informations incitèrent Perry Rhodan à mettre immédiatement le cap sur cette station. Son problème majeur consistait à persuader les spécialistes des Maîtres Insulaires, qui contrôlaient la station temporelle dans le temps réel, d'arracher le *Krest III* captif du passé et de le ramener dans le présent.

Comment leur faire comprendre qu'il fallait absolument procéder à cette manœuvre ? Tel était le point crucial sur lequel il risquait fort de voir échouer toute sa stratégie. A lui maintenant d'exposer l'affaire aux amis de Nevis-Latan de manière à ce qu'ils n'hésitent pas une seconde à lui donner satisfaction.

Mais que pouvait-on imaginer pour présenter le *Krest III* comme un objet précieux sans éveiller les soupçons des Maîtres Insulaires du temps réel ?

Rhodan se tourna vers Nevis-Latan qui continuait à piloter paisiblement son submersible vers l'objectif défini par le Stellarque, comme si de rien n'était.

— Vos agents de liaison du temps réel attendent-ils de votre part un appel hypercom ? lui demanda-t-il.

— Seulement quand il se passe un événement important, répondit le Maître Insulaire de bonne grâce.

— Est-ce que ce doit être obligatoirement en rapport avec votre mission sur Lémuria ?

— Je ne vois pas ce qui pourrait être important sur cette planète en dehors de ma mission, remarqua Nevis-Latan.

— Dans quelles circonstances les spécialistes de votre organisation seraient-ils prêts à opérer un déplacement temporel ?

Nevis-Latan se tourna vers Rhodan. Ses yeux le fixèrent d'un regard pénétrant.

— Ils ne se décideront à préparer ce déplacement temporel que lorsque ma mission sera remplie et que je pourrai moi-même revenir dans le temps réel, répondit-il.

Rhodan se mordit les lèvres. Pourrait-on faire traverser le mur temporel à un géant comme le *Krest III* à la place du Tamrat ? Non, il n'y fallait pas songer. Avec l'aide du détecteur de champ d'annulation, les spécialistes perceraient immédiatement à jour la supercherie et agiraient en conséquence. Ce qu'il fallait, c'était trouver un objet qui ait sensiblement les mêmes dimensions que l'astronef des Terraniens. Autrement dit un autre vaisseau dont Rhodan arriverait à vanter si astucieusement les qualités aux Maîtres Insulaires qu'ils le feraient venir du passé de leur plein gré, sans se douter qu'il s'agissait du *Krest III* !

Atlan prit le relais de l'interrogatoire.

— Votre organisation est certainement intéressée par des techniques dont elle ne dispose pas encore, n'est-ce pas ?

— Bien sûr, répondit Nevis-Latan. Nous nous efforçons de perfectionner constamment notre équipement.

— Ecoutez-moi bien, reprit Atlan. Un vaisseau scientifique lémurien a découvert une planète sur laquelle vivent des créatures intéressantes. Des créatures dotées par la nature de dons de télépathie. Mais ces facultés télépathiques ne se manifestent que lorsque leurs propriétaires peuvent se loger dans un corps qui leur donne l'hospitalité. Ces miniparasites sont totalement inoffensifs pour leur hôte et dépendent entièrement de la volonté de ces derniers.

— Autrement dit, les hôtes peuvent mettre à leur profit les facultés télépathiques de leurs parasites ?

— Exactement, répondit l'Arkonide. Je n'ai pas de peine à imaginer que ces créatures pourraient être d'une grande utilité pour votre organisation dans le temps réel.

— En effet, reconnut Nevis-Latan. Mais comment pouvons-nous nous emparer de ce vaisseau scientifique ?

— Il se dirige actuellement vers le système de Big Blue, poursuivit Atlan, passé soudain maître dans l'art de mentir effrontément. Si vous arrivez à obtenir rapidement l'accord de vos agents de liaison, nous pourrons l'attirer dans le champ d'annulation absolu pour qu'il puisse traverser le mur temporel.

— Voilà une idée géniale ! s'exclama Nevis-Latan.

L'emprise hypnotique d'André Lenoir était tellement forte que l'ex-Tamrat prenait l'histoire improvisée par Atlan pour une réalité.

— Est-ce que vous pouvez vous mettre bientôt en contact avec la station temporelle ? demanda Rhodan en jouant le jeu d'Atlan.

— Bien sûr. Si l'occasion se présente d'enlever ce vaisseau, il faudra la saisir au bond !

Rhodan sourit à l'Arkonide. Ils avaient déjà réussi à convaincre le Maître Insulaire d'appeler la station temporelle dans le temps réel pour leur raconter l'histoire des parasites télépathiques. Tout dépendrait alors de la manière dont réagiraient les spécialistes.

Peut-être la trouvaille d'Atlan permettrait-elle à l'équipage du *Krest* de réaliser enfin son vœu le plus cher ?

L'Emir se rematérialisa au centre du poste de commande et annonça qu'il avait émis son signal d'appel condensé au *Krest III*. Pour Rhodan, c'était de bon augure. Il ne put s'empêcher de sourire. Dans leur situation actuelle, le moindre pas en avant était une victoire.

Il jeta un coup d'œil sur les hommes qui l'entouraient. Ceux qui ne portaient pas d'activateur s'étaient couchés à même le sol et dormaient, leur spatiandre roulé sous la tête en guise d'oreiller. Cette vision lui réchauffa le cœur. Il savait qu'il pouvait compter sur chacun d'eux. Ils avaient tous appris à s'adapter à n'importe quelle situation qui se présentait.

— Nous approchons de la station, annonça Nevis-Latan, interrompant ainsi le cours de ses pensées.

— Faut-il que nous descendions ? demanda Rhodan.

— Non. Il existe un sas pour le sous-marin. Je peux l'actionner par téléimpulsion.

Le pilote avait branché les deux puissants projecteurs de proue. Ils éclairaient l'eau sombre dans un rayon de plusieurs mètres. Sur l'écran de détection, les contours de la coupole d'acier étaient visibles sous la forme d'un anneau fluorescent. Sur le deuxième écran, Rhodan voyait la mer illuminée par les projecteurs et une nuée de poissons de toutes les couleurs attirés par la lumière.

— Il y a à l'intérieur de la station quelques robots qui vont à la pêche pour moi, expliqua Nevis-Latan à Rhodan. C'est ce qui me permet d'apporter à tout instant les preuves de mes succès de plongeur sous-marin lorsque je reviens à Wor-Kartan.

Rhodan acquiesça. Décidément, les Maîtres Insulaires ne négligeaient aucun détail. Voilà comment le Tamrat des Transports passait pour un passionné de plongée sous-marine aux yeux des Lémuriens.

L'assurance avec laquelle Nevis-Latan exécuta la manœuvre suivante prouva à Rhodan qu'il n'était pas un néophyte en la matière. Les impulsions de détection de la station tenaient l'embarcation sur sa bonne trajectoire. Elle n'avançait plus qu'à vitesse très réduite.

— Ce coin est truffé de rochers énormes, expliqua encore Nevis-Latan en montrant du doigt l'écran de détection.

Enfin la paroi extérieure de la coupole apparut. Des projecteurs éclairaient le sabord grand ouvert du sas. Le sous-marin se glissa lentement à l'intérieur.

— A présent, une partie de l'eau va être pompée de sorte que le sas se présentera comme un port en miniature, expliqua Nevis-Latan. Après cela, nous pourrons sortir.

— Avons-nous besoin de nos spatiandres ? demanda Rhodan.

— Non, bien sûr, sauf si vous êtes peureux !

Malgré l'emprise hypnotique d'André Lenoir, le Tamrat n'avait pas perdu son sens du sarcasme. Ils attendirent jusqu'à la fermeture complète du sas.

— Nous allons sortir d'ici par le puits de l'écoutille, déclara encore Nevis-Latan. Le sous-marin se trouve exactement accolé à la passerelle.

Rhodan éveilla ses hommes et leur annonça qu'ils se trouvaient à l'intérieur de la coupole.

— Elle est habitée ? demanda Atlan au Maître Insulaire.

— Uniquement par des robots.

Brazos Surfat se gratta la barbe d'un air endormi.

— Un vrai matelot, notre prisonnier, vous ne trouvez pas ? murmura-t-il à l'adresse du lieutenant Bradon qui n'avait pas encore repris ses esprits.

Nevis-Latan fut le premier à sortir du submersible, suivi de Rhodan et d'André Lenoir.

— A votre avis, que se passerait-il si la coupole s'enfonçait ? demanda Surfat à Papageorgiu pendant qu'ils attendaient tous deux leur tour de monter dans le puits de l'écoutille.

— Voilà une idée qui ne m'a même pas effleuré !

— Vous voulez que je vous le dise ? Nous serions écrasés et rejetés à l'eau comme de la crotte !

— Silence vous autres ! intervint le lieutenant Bradon. Le moment est mal choisi pour ce genre de discussion, je trouve !

— Pourtant quand nous serons tous là-haut, il se pourrait bien que la cloche nous tombe sur la tête, reprit Surfat. Je parie qu'il existe quelque part là-dedans un système de sécurité. Dès que Nevis-Latan et un deuxième larron arrivent, le système se déclenche, et nous, nous l'avons dans le baba !

Atlan s'approcha. Il avait entendu la théorie de Surfat.

— Nevis-Latan, Lenoir, L'Emir et Kakuta sont déjà montés dans la coupole, dit-il. S'il y avait eu un système de sécurité, il aurait déjà fonctionné.

Bradon n'était pas convaincu.

— Commandant..., commença-t-il.

Mais Atlan lui coupa aussitôt la parole.

— Taisez-vous, Bradon. Si nous avons commis une faute, il est trop tard pour y penser.

Finalement, ils se retrouvèrent tous sains et saufs, à l'intérieur de la coupole où Perry Rhodan les attendait. Les projecteurs du sous-marin illuminaient le minuscule port d'une lumière éclatante.

— Il y a un deuxième port comme celui-ci de l'autre côté de la coupole, expliqua Nevis-Latan. C'est de là que les robots partent à la pêche. Quand ils reviennent, ils jettent leur butin dans un bassin où les poissons restent jusqu'à ce que j'en aie besoin.

Le Maître Insulaire ouvrit la porte et précéda son petit groupe à travers une coursive brillamment éclairée, jusqu'à une pièce de dix mètres environ de diamètre. Les faisceaux de lumière de plusieurs lampes fixées au plafond voûté tombaient sur diverses machines et appareils. Ils se trouvaient vraisemblablement au cœur même de la coupole.

— Dans les pièces contiguës se trouvent ma chambre à coucher et les générateurs d'énergie nécessaire à l'alimentation de la station, reprit le prisonnier. On a pensé à tout. La coupole était pratiquement terminée lorsque, par une nuit de violente tempête, elle a été immergée à cet endroit.

Rhodan admirait la puissance de cette organisation qui tendait à volonté ses antennes par-dessus le temps et l'espace pour renforcer ses positions.

— Que se passerait-il si les Lémuriens découvraient votre station ? demanda Redhorse.

— Elle dispose d'un système de protection ultraperfectionné contre les visites intempestives, répondit Nevis-Latan. Qu'un plongeur inconscient s'égare par ici, et il est immédiatement liquidé par les robots. — Il sourit. — Puis on fait passer l'incident pour un simple accident.

— Où se trouve le détecteur de champ d'annulation ? demanda Rhodan en refoulant à grand peine son indignation devant le cynisme du Maître Insulaire.

Nevis-Latan dépassa plusieurs machines en les palpant

du bout des doigts comme s'il voulait les saluer après une longue absence. Puis il s'arrêta devant un appareil de forme oblongue qui était appuyé contre le mur.

— Le voilà, dit-il. C'est lui qui permet d'observer le déplacement d'un objet à travers le temps ou dans un transmetteur temporel. Il sert aussi à expédier des messages à travers le mur temporel.

Rhodan fit signe à Lenoir de venir le rejoindre.

— A vous maintenant de veiller à ce qu'aucune faute ne soit commise, lui dit-il en le fixant d'un regard pénétrant.

Lenoir acquiesça d'un signe de tête. Il paraissait au bord de l'épuisement. Comme il portait un activateur, cet épuisement ne pouvait être que de nature psychique. Rhodan savait ce qu'il en coûtait au fascinateur de tenir sans cesse sous contrôle un homme comme Nevis-Latan qui, déjà doué par la nature d'une forte volonté, possédait en outre des circuits de sécurité dans son mental.

— Faites connaître à vos agents de liaison dans le temps réel l'existence de cette nef scientifique qui transporte des parasites télépathiques à son bord. Prévenez les spécialistes que nous sommes en mesure de capturer ce vaisseau.

Nevis-Latan hésitait. D'un geste nerveux, il frotta de ses mains ses cheveux coupés court.

— Les Lémuriens vont certainement avoir des soupçons lorsque le vaisseau disparaîtra de leur système solaire, objecta-t-il.

— L'enjeu est de taille, intervint Atlan. Il mérite que l'on prenne quelques risques.

— J'ai une mission bien précise, dit Nevis-Latan en fronçant les sourcils. Quelque chose qui est encore beaucoup plus important que ce vaisseau bourré de télépathes...

Effaré, Rhodan jeta un coup d'œil désespéré à André Lenoir qui s'était réfugié, crispé, entre deux colonnes.

Brusquement, Nevis-Latan prit place devant le détecteur de champ d'annulation et enclencha l'alimentation électrique.

— Il doit avoir un autre blocage mental que nous n'avons pas encore brisé, dit L'Emir. Il est tellement résistant qu'André Lenoir est obligé de le « travailler » sans cesse par des moyens paranormaux.

— Si nous n'avons pas d'autre solution, nous le ferons passer une seconde fois au psychodélieur, déclara Atlan.

— Vous ne voulez pas venir voir comment fonctionne cet appareil ? leur cria le prisonnier.

Ils se placèrent en demi-cercle autour du Maître Insulaire dont les doigts pianotaient sur les circuits. Qui sait s'il n'est pas en train de nous attirer dans un piège ? se dit Perry Rhodan avec effroi. Néanmoins, il n'eut pas la force de faire débrancher le détecteur. Il fallait qu'ils prennent encore ce risque s'ils voulaient revenir un jour dans le temps présent.

— Tous les objets laissent des traces de leur passage dans le temps, expliqua Nevis-Latan. Aussi insignifiantes soient-elles, cet appareil ultra-sensible les détecte infailliblement. Il embrasse toute l'échelle temporelle sur laquelle il est réglé, à condition toutefois qu'un champ d'annulation ait déjà été édifié quelque part à l'intérieur de cet intervalle de temps. — Il se pencha sur le pupitre. Des voyants s'allumèrent. — Le seul rôle du détecteur de champ d'annulation est de peser la cause et l'effet. Il compare les nouveaux relevés avec les coordonnées des relevés précédents, ce qui permet de déterminer le déplacement d'un objet dans le temps. Comme il peut suivre tous les effets sur la ligne temporelle en remontant jusqu'à la cause, il est possible de calculer à la seconde près le déplacement temporel de n'importe quel objet.

— Bien, fit Rhodan non sans cacher son impatience. Commencez donc, à la fin, sinon le vaisseau aura atterri avant que nous ayons pu l'intercepter.

— Il en est de même avec la transmission d'un message vers le temps réel, poursuivit Nevis-Latan imperturbable. Ce détecteur de champ d'annulation crée une cause quelconque dont les effets sont exploités par un appareil semblable dans le futur relatif et interprétés comme il se doit. Au fond, ces deux appareils créent un flux d'énergie en perpétuel déplacement à travers le mur temporel.

Le sergent Brazos Surfat poussa son voisin Papageorgiu du coude et lui murmura à l'oreille :

— Vous comprenez ce qu'il est en train de raconter, vous ?

— Non, répondit l'aspirant officier.

— Je me demande qui pourrait me donner une explication.

— Le mieux placé est le commandant, répondit tout bas Papageorgiu.

— Ça jamais ! Plutôt me faire couper la langue que l'interroger !

— Chut ! grogna Rhodan d'un air sévère.

La machine fit entendre un cliquetis, puis un silence total emplit la pièce. Surfat dressa la tête afin de voir ce qui se passait du côté du Tamrat.

— Voilà, c'est tout, conclut Nevis-Latan. Il va falloir maintenant attendre quelque temps avant que la réponse ne nous parvienne.

Surfat soupira et chercha un siège pour reposer son corps pesant.

— Dommage qu'André Lenoir ne pense pas à suggérer au Maître Insulaire de nous faire griller quelques poissons dodus, dit-il à Bradon.

— Ah ! Voilà bien une réflexion de barbare alarien qui ne pense qu'à se remplir la panse ! grogna le lieutenant Chard Bradon.

Nevis-Latan s'était levé. Rhodan profita de ce temps

mort pour poser encore quelques questions à son prisonnier.

— Comment allons-nous transporter le vaisseau dans le temps réel sans attirer l'attention des Lémuriens ?

— Le transport d'un objet dans le temps réel ne peut se faire qu'à travers un champ d'annulation absolu. Or ce champ se trouve à proximité de Big Blue, l'étoile supergéante ; et sa structure hexadimensionnelle empêche qu'il soit localisé par les habitants actuels de Vario.

— Pourquoi ? s'enquit Rhodan.

— Comprenez donc, je vous en prie, qu'il est impossible de localiser une telle forme d'énergie avec des appareils d'usage courant. Il faut pour cela des modèles très particuliers.

— Alors comment peut-on trouver le champ d'annulation ?

— Par l'intermédiaire d'un rayon détecteur lancé par ma centrale. Un rayon qui travaille sur le même niveau énergétique et ne peut pas davantage être repéré. Nous avons veillé à ce que personne ne puisse fabriquer les détecteurs appropriés.

— Où se trouve le détecteur spécial qui permet de mesurer le faisceau du rayon ?

— Dans la centrale, lui aussi.

Une minute plus tard, Rhodan tenait en main un modèle portable du détecteur hexadimensionnel, pas plus encombrant qu'un poste de radio normal de conception terranienne.

— Il commence à être temps maintenant que nous l'interrogions sur son organisation, proposa Atlan.

Rhodan sentait depuis longtemps ces questions lui brûler la langue, mais quelque chose d'indéfini, une sorte d'intuition inexplicable le retenait de les poser à Nevis-Latan.

— Qu'est-ce que tu attends ? insista Atlan.

Il hésitait encore. En désespoir de cause, le Stellarque se tourna vers L'Emir.

— Apparemment, ces questions ne risquent pas de déclencher un circuit d'autodestruction, dit le mulot.

— Parlez-nous un peu des Maîtres Insulaires, ordonna Rhodan au Tamrat.

Toute l'attitude de Nevis-Latan changea brusquement. Son corps se raidit. Il fixa le Stellarque d'un regard aigu.

— C'est vous qui devez me poser les questions qui vous intéressent, répondit le prisonnier d'une voix perçante, voisine de l'hystérie.

— De quelle manière les Maîtres Insulaires dominent-ils toute la Nébuleuse d'Andromède ? Où se trouve leur siège central ? Comment leur peuple est-il structuré ?

Les questions se bousculaient sur les lèvres de Rhodan. Il avait le pressentiment qu'il fallait en finir au plus vite avec cet interrogatoire.

Nevis-Latan rentra la tête dans les épaules et roula des yeux. Ses mains se mirent à griffer le vide. Il les lança loin de lui comme s'il cherchait désespérément un point d'appui. Son visage se colora.

— Je crois..., commença Lenoir bouleversé par ce spectacle.

Mais un cri bestial lui coupa la parole. Nevis-Latan traversa toute la pièce en courant et disparut par une petite porte latérale avant que les hommes aient pu réagir.

— Nous n'aurions pas dû l'interroger, reprit André Lenoir. Je crois qu'il est devenu fou.

Rhodan retrouva ses esprits. Il avait encore besoin de Nevis-Latan. Ce n'était pas un Maître Insulaire dément qui les ramènerait dans le temps réel.

— Cherchez-le ! ordonna-t-il.

Kakuta et L'Emir se dématérialisèrent, tandis que Rhodan et les autres le poursuivirent par la porte qu'il avait empruntée. Soudain ils entendirent la voix du Japonais qui leur parvint d'un coin éloigné de la station.

— Il est ici ! Je l'ai trouvé dans le bassin !

Rhodan traversa deux pièces et déboucha dans un petit port intérieur, la réplique de celui par lequel ils étaient arrivés.

Il découvrit Nevis-Latan qui se vautrait dans l'eau au milieu des poissons. Kakuta l'avait rejoint et essayait de l'approcher.

— Lenoir ! s'écria le Stellarque. Prenez-le sous votre contrôle !

Le fascinateur était adossé contre le bord du bassin. Quelques poissons se sauvaient devant Nevis-Latan. Papageorgiu et Surfat sautèrent dans l'eau à leur tour et se jetèrent sur lui. En réunissant leurs efforts, ils réussirent tous les trois à s'en emparer et à le sortir du bassin.

Il tremblait de tout son corps. Le visage cireux, il laissait échapper des sons inarticulés.

— Il possède un blocage de sécurité qui résistera aussi au psychodélieur. Si nous lui posons des questions en rapport avec son peuple, il deviendra fou.

Le corps du prisonnier se détendit. Il gémit et se prit la tête à deux mains. Soudain, il éclata en sanglots sans aucune retenue. Rhodan poussa un soupir de soulagement. La force de volonté de l'homme avait une fois de plus triomphé de la démence.

Finalement, il releva la tête et contempla la flaque d'eau qui l'entourait.

— Que s'est-il passé ? demanda-t-il troublé.

Rhodan fit un signe à Lenoir qui acquiesça sans un mot.

— Vous vouliez nous montrer le second port intérieur dont vous nous aviez parlé, mais vous êtes tombé à l'eau, expliqua Atlan. On ne peut pas dire que vous vous soyez conduit comme un plongeur chevronné !

— Ah oui ? répondit-il avec le plus grand sérieux. Bon, il vaudrait mieux que nous rentrions dans le poste de commande. La réponse à mon message peut arriver d'un instant à l'autre maintenant.

— Nous sommes trempés. Ne pourrions-nous pas aller nous changer ?

La question venait de Surfat bien entendu.

— A vous de choisir, riposta le major Redhorse, entre attraper un rhume ou passer le restant de votre existence dans le passé.

— Allons bon, dès que j'ouvre la bouche, il y a toujours quelqu'un pour me rabrouer...

Il n'en dit pas davantage, car il constata que tous les autres l'avaient quitté. Un gros juron le soulagea, mais il n'y avait malheureusement pas d'auditeur. Puis il se hâta d'aller rejoindre le petit groupe dans la salle des commandes. Tout dégoulinant d'eau, Nevis-Latan avait repris sa place devant le détecteur de champ d'annulation. Rhodan et Lenoir l'entouraient de près.

— Hum... fit le prisonnier. La réponse aurait déjà dû nous parvenir.

Pourvu que là-bas, dans le temps réel, les spécialistes des Maîtres Insulaires n'aient pas flairé leur supercherie et ne soient pas en train de réfléchir au moyen de neutraliser le *Krest III* et son équipage, se dit Rhodan en réprimant un frisson.

— Pourquoi est-ce aussi long ? demanda Atlan.

— Apparemment, ils n'ont pas encore pris de décision à propos du vaisseau scientifique et des parasites télépathes, déclara Nevis-Latan.

Il se leva et montra une des portes latérales.

— Je vais aller chercher des vêtements secs, dit-il.

— Restez là, ordonna Rhodan. Nous attendons tous la réponse.

Le Tamrat s'abandonna à son destin. Qu'aurait-il pu faire d'autre puisque Lenoir le tenait fermement sous son emprise ?

Le temps passa dans le silence le plus complet. Atlan attira Rhodan sur le côté et lui murmura à l'oreille :

— Il faudrait faire quelque chose...

— Non, on attend, décida Rhodan.

Quatre minutes s'écoulèrent encore et soudain trois lumières s'allumèrent sur la table de contrôle. Nevis-Latan se pencha et pianota sur le pupitre.

— Attention ! dit-il sans tourner la tête. Un message nous arrive du temps réel !

On entendit un ronronnement indistinct, puis le détecteur vomit un serpentin de plastopapier que Nevis-Latan enroula autour de ses mains dans la plus grande sérénité.

— Le message va être décodé sur-le-champ, dit-il encore.

— Alors, quelle réponse vos collaborateurs donnent-ils à votre proposition ? demanda Rhodan, les nerfs à vif.

Nevis-Latan jeta un regard troublé sur le petit groupe qui l'entourait. Puis il arracha une bande de papier et déclara :

— Les responsables de la station temporelle sont prêts à ramener le vaisseau scientifique des Lémuriens dans le temps réel. Mes amis sont très intéressés par ces parasites doués de facultés télépathiques.

Rhodan se rendit compte soudain qu'il avait la gorge sèche. Il fut obligé d'avaler deux ou trois fois sa salive avant de poser la question suivante.

— Et maintenant, qu'avons-nous à faire ?

— C'est très simple, répondit le Maître Insulaire. Il nous suffit d'indiquer le moment où nous amènerons la nef à proximité du champ d'annulation absolu. La station temporelle du temps réel se chargera de la suite de l'opération.

— Mais comment pouvons-nous indiquer le moment précis ?

— Qui vous parle d'un moment précis ? riposta Nevis-Latan. Il suffit d'indiquer un moment approximatif.

Rhodan échangea un long regard avec Atlan.

— Je crois que nous pourrons y arriver en quatre heures, déclara l'Arkonide avec prudence. Il suffit que L'Emir envoie tout de suite un signal d'appel condensé au *Krest*, et tout le reste suivra son cours normal. Entre-temps, nous aurons regagné le *Pertagor*, et nous le ferons rentrer dans les soutes de l'ultracroiseur avant qu'il pénètre dans le champ d'annulation.

— Bon, disons cinq heures, décida Rhodan. Le cas échéant, le colonel Rudo pourra retarder un peu le départ.

— Je me sauve, dit L'Emir, et je vous attendrai dans le glisseur.

Il se dématérialisa aussitôt.

Nevis-Latan suivait toute cette agitation d'un œil parfaitement indifférent. André Lenoir, toujours sur la brèche, veillait à ce qu'il oublie tout ou qu'il en donne une fausse interprétation. Ce double jeu eût été impossible sans l'aide du fascinateur.

Rhodan lui précisa le moment prévu pour le passage, indication que le Tamrat transmit aux hommes du temps réel par l'intermédiaire du détecteur de champ d'annulation.

— Devons-nous attendre une confirmation ?

— Non, ce n'est pas nécessaire, répondit Nevis-Latan.

— Dans ce cas, il ne nous reste plus qu'à quitter les lieux, conclut Perry Rhodan. Nous allons reprendre le sous-marin qui nous ramènera sur la côte.

Rhodan se demandait toujours si les spécialistes du temps réel avaient flairé la supercherie du vaisseau scientifique. Comment le savoir ? Même Nevis-Latan n'en savait rien. Si oui, en tout cas, l'équipage du *Krest* pouvait s'attendre à une réception musclée.

Mais il ne changea pas ses plans pour autant. C'était le moment ou jamais de retrouver le présent, quels qu'en soient les risques. Y compris celui d'une destruction totale de l'ultracroiseur terranien et de son équipage au complet.

Quoi qu'il en soit, le *Krest III* ne débarquerait pas dans le temps présent sans s'y être préparé. Au moment même où le champ d'annulation absolu s'effondrerait, le vaisseau amiral de l'Empire Solaire commencerait le combat avec toutes les armes dont il disposait.

CHAPITRE IX

Etendu sur le sable chaud, les yeux fermés, Tannwander somnolait. Il entendait les vagues frapper les rochers voisins. La brise marine lui rafraîchissait le visage. De temps en temps, le cri d'un oiseau lui vrillait les oreilles. Il se sentait bien, malgré cette inquiétude latente à laquelle il finissait par s'habituer. Pourquoi ne s'accorderait-il pas quelques jours supplémentaires de vacances, loin de son île et de son organisation clandestine, puisque de toute façon Ogip, son second, s'occupait de tout ? Et puis, il ne reviendrait pas les mains vides puisqu'il rapporterait les précieuses barres de piézoquartz que même son organisation aurait bien du mal à se procurer par ailleurs.

Le ronronnement monocorde d'une turbine l'arracha à son bien-être. Il ouvrit les yeux. Les deux glisseurs étaient toujours là, ils reposaient à l'abandon entre les rochers. Rassuré, il se préparait à refermer les yeux lorsqu'une ombre lui tomba sur le visage.

Un turbo-glisseur était en train de se poser tout près de lui, ce qui, en soi, n'avait rien d'inhabituel, car nombreux étaient les plongeurs qui préféraient atterrir sur cet endroit isolé plutôt que sur un des parkings situés près de Wor-Kartan.

Dès qu'il aperçut le numéro d'identification de l'appareil, il sauta sur ses pieds.

Un engin de la police ! Tannwander alla s'adosser à un rocher pour observer la manœuvre d'atterrissage à son aise. Deux hommes en uniforme sortirent de l'appareil. Ils découvrirent les deux glisseurs abandonnés parmi les rochers, puis se mirent à discuter avec animation ; mais de sa place, le jeune Lémurien ne comprenait rien de ce qu'ils se disaient.

Les deux hommes finirent par le découvrir et se dirigèrent aussitôt vers lui. Tannwander ne broncha pas. Il savait comment il convenait de traiter des policiers qui faisaient du zèle.

— Qui êtes-vous ? demanda le plus grand des deux. Qu'est-ce que vous faites là, debout contre les rochers ?

— Voilà des heures que j'étais couché dans le sable, déclara-t-il sans aménité. C'est vous qui m'avez dérangé avec votre coucou. Si vous préférez me voir allongé, qu'à cela ne tienne !

Il fit mine de s'étendre sur le sable, mais le policier protesta violemment.

— Debout ! cria-t-il. Je vous demande qui vous êtes !

— Pourquoi voulez-vous le savoir ?

— Parce que nous recherchons neuf spationautes alariens qui sont impliqués dans le meurtre du Tamrat Trahailor, et nous savons qu'ils sont dans ce coin.

— Eh bien, cherchez-les si ça vous chante, conseilla-t-il aux deux policiers. Figurez-vous que je viens juste de les enterrer tous les neuf dans le sable.

— Ah, c'est comme ça ! Allez, on vous emmène, décida le plus petit des deux hommes. Des gars comme vous, on a tout intérêt à leur mettre une sourdine.

Ils le fouillèrent et découvrirent un paralysateur et un petit radiant dans ses poches. Tannwander se contenta de hausser les épaules.

— Il m'a bien l'air d'être lui aussi dans le coup, qu'en penses-tu, Bargo ?

— Je ne sais pas, grommela le dénommé Bargo. Il me paraît bien jeune pour ce genre de sport. C'est presque un adolescent encore !

— Comment vous appelez-vous ? demanda de nouveau le plus grand.

— Tannwander.

— Tiens tiens ! fit Bargo avec un rictus. Tu vois ce que je te disais, ce n'est qu'un petit plaisantin. Allez, on l'embarque, Callors !

Le dénommé Callors saisit Tannwander au collet et voulut l'entraîner vers le glisseur de la police. Mais un bon croche-pied le projeta en l'air, et il retomba sur le sol sans douceur. Bargo, qui avait suivi la scène, se précipita à son tour sur le jeune homme et tendit la main pour le saisir du revers de sa veste, mais Tannwander lui tordit le bras jusqu'à le déboîter. Bargo poussa un hurlement. Entre-temps, Callors avait retrouvé ses esprits et menaçait le Lémurien de son radiant.

— Ça suffit maintenant, déclara-t-il solennellement. Port d'arme illicite et résistance à agent de l'Etat.

Tannwander sourit.

— Vous croyez vraiment que je serais venu ici sans mes amis ? précisa-t-il en indiquant les deux glisseurs du doigt.

— Tu joues peut-être au plus malin, rétorqua Callors, mais nous, on ne se laisse pas avoir aussi facilement !

Il n'avait pas terminé sa phrase que son calot se souleva de sa tête et se mit à planer dans les airs. Interloqué, il le suivit des yeux, la bouche grande ouverte. Tannwander, de son côté, se demanda s'il n'était pas le jouet d'hallucinations. Et Bargo, sidéré lui aussi, sortit son radiant et en menaça l'insolent.

— Ce n'est même pas drôle, mon vieux, dit-il. Allez, au glisseur !

Mais soudain, le canon de l'arme se tordit et menaça directement son porteur. En même temps, la boucle du ceinturon de Callors se détacha. Le policier lâcha son arme pour venir au secours de son pantalon qui menaçait de prendre le large.

Tannwander n'en revenait pas. Ahuri, il en perdait même l'usage de la parole.

Tandis que Callors se débattait avec son pantalon, Bargo courut au glisseur.

— On reviendra, cria-t-il en tournant la tête pour lancer un dernier regard à Tannwander. Avec du renfort !

Mal lui en prit. Il buta contre un bloc de rocher qui venait de se poser sur son chemin, poussa un hurlement et, tout en boitant, alla se réfugier dans l'appareil.

— Qui êtes-vous ? demanda Callors d'une voix tremblante d'effroi avant de courir lui aussi vers le turbo-glisseur en retenant son pantalon, tandis que son calot le suivait à un mètre derrière lui.

Tannwander s'abstint de répondre.

L'appareil s'éleva à la verticale et disparut à l'horizon.

A ce moment-là, une étrange créature émergea de derrière l'un des deux véhicules abandonnés entre les rochers. Une sorte de souris géante.

— Eh ! susurra la souris de sa voix zézayante.

L'étrange créature s'approcha en se dandinant. Tannwander se frotta les yeux, persuadé qu'il faisait un cauchemar éveillé.

— A vrai dire, il n'était pas prévu au programme que j'apparaisse devant toi, dit L'Emir en s'arrêtant devant le Lémurien de plus en plus abasourdi. Mais de toute façon, André Lenoir chassera tout souvenir de ton esprit avant que nous partions aujourd'hui même.

Tannwander prit peu à peu conscience de la réalité.

— Ainsi, tu fais partie de leur équipe ? demanda-t-il, l'index pointé vers le large.

— Je suis leur capitaine, répondit L'Emir en se donnant de grands airs. Je suis l'Eminence Grise qui siège à l'arrière-plan, tu comprends ?

— Non, dit Tannwander.

— Aucune importance. Même mes amis ne me comprennent pas toujours. Il fallait que j'intervienne avant que les deux gars ne t'embarquent.

— Ils reviendront.

— Je n'en suis pas sûr. Ils se garderont bien de parler de leur aventure à qui que ce soit. On aurait vite fait de les enfermer dans une maison de fous !

— Je me suis imaginé que je pourrais vous aider à vous tirer de ce mauvais pas. Mais en fait, vous n'aviez pas besoin de moi.

— Tu es notre ami, répliqua L'Emir d'une voix émue.

Il n'en dit pas davantage et Tannwander n'eut pas l'occasion de poursuivre la conversation. Le mulot s'était évanoui sans crier gare.

— Reviens ! clama-t-il d'une voix stridente. Les autres vont débarquer d'un instant à l'autre. Nous n'avons pas une minute à perdre !

Tannwander se mit en marche à grandes enjambées. Mais où aller ? Et que penser de cette histoire hors du commun ?

*
* *

Le major Don Redhorse jeta l'ancre à une dizaine de mètres de la côte. Les hommes avaient remis leur spatiandre, et Nevis-Latan sa combinaison de plongeur qu'il gardait toujours à portée de main dans sa cabine.

— Que faisons-nous du submersible ? demanda Olivier Doutreval.

— Il restera ici, au fond, jusqu'à ce qu'un plongeur le découvre. On se demandera alors ce qui est arrivé au Tamrat en constatant que le sas est demeuré grand ouvert, et on conclura sans doute à un accident. La police lémurienne ne manquera pas d'intervenir car, si peu de temps après celui de Trahailor, cela ressemblera à un nouveau meurtre. Mais personne ne se doutera de la réalité.

Ils se retrouvèrent à huit dans le sas, tandis que Kakuta se chargeait du fonctionnement des portes et du remplissage. Quelques instants plus tard, ils nageaient tous à la surface de la mer. La profondeur de l'eau ne dépassant pas une vingtaine de mètres, on ne tarderait certainement pas à découvrir l'embarcation.

Les premiers arrivèrent sur la côte rocheuse, où Tako Kakuta les attendait déjà. Aussitôt débarqué sur la berge, Rhodan ôta son casque. Il ne tenait pas à être pris en chasse par des sportifs pleins de zèle. En outre, il espérait bien qu'entre-temps, L'Emir avait réussi à envoyer son signal d'appel condensé au *Krest III* et qu'il les attendait quelque part dans les environs.

— Tous au glisseur ! cria-t-il à ses compagnons. Et attention de ne pas nous faire voir !

Papageorgiu et Surfat prirent le Maître Insulaire en sandwich. Kakuta se dématérialisa, puis revint aussitôt.

— L'Emir et Tannwander nous attendent dans l'un des appareils. Qu'allons-nous faire maintenant ?

Rhodan avait interdit au mulot d'entrer en contact avec Tannwander. Que s'était-il passé ? De toute façon, il était maintenant trop tard pour épiloguer sur cette question. André Lenoir, qui n'avait cessé de « travailler » l'esprit du Tamrat, devrait encore intervenir pour lui ôter tout souvenir de ce dernier incident.

Ils arrivèrent auprès des glisseurs. L'Emir raconta en quelques mots ce qui l'avait forcé à enfreindre les ordres du Stellarque. Quant à Tannwander, il se leva, attendant avec une impatience visible qu'on veuille bien lui donner quelques explications. Soudain il écarquilla les yeux de surprise en découvrant Nevis-Latan.

— Je vous présente l'assassin de Trahailor, dit Rhodan.

Tannwander le regarda d'un air méfiant.

— C'est vous qui avez tué Trahailor ? demanda-t-il brutalement.

Nevis-Latan lui jeta un regard dépourvu de toute expression.

— Qui est-ce ? demanda-t-il à Rhodan.

— Un ami. Il va nous aider à kidnapper le vaisseau.

— Ah bon ! fit le Tamrat en souriant. Bien sûr, c'est moi qui ai liquidé Trahailor. Il était sur mes traces. Cela vous gêne-t-il, jeune homme ?

— Je ne sais pas, grogna Tannwander. Parfois je crois que je ne réussirai plus jamais à faire la distinction entre le rêve et la réalité.

— Tous les événements auxquels vous venez d'être mêlé sont parfaitement réels, dit Rhodan sur un ton pénétrant.

— Pourquoi ne vous décidez-vous par à me dire le fin mot de l'histoire ? cria-t-il au comble de l'énervement. Ne suis-je donc pour vous qu'un pion que vous manipulez à votre guise ?

— Pas du tout, répliqua simplement Rhodan, bien qu'il fût convaincu du contraire.

Mais moins on lui donnerait de détails, mieux cela vaudrait. Après tout, il n'était pas mauvais qu'une fois rentré sur son île, Tannwander prît tout cela pour un simple cauchemar.

— Nous laisserons un des glisseurs ici et prendrons l'autre pour filer au spatioport, décida le Stellarque. Il ne fait aucun doute que nous aurons des difficultés à obtenir l'autorisation de décoller. C'est pourquoi Tannwander devra nous aider une fois de plus.

— La police nous recherche déjà, dit L'Emir.

— Ce n'était que la police d'ordre, répliqua Tannwander visiblement las. Je ne pense pas qu'Ostrum ait déjà eu le temps de mobiliser les forces de sécurité ou le service du contrôle spatial.

— C'est bon, intervint Rhodan en poussant Tannwander sur le siège du pilote. Il nous faut de toute façon essayer de faire décoller le *Pertagor*. Même sans autorisation s'il le faut, bien que nous risquions de ne pas aller très loin dans ce cas.

Tannwander mit les turbines en marche et l'appareil décolla à la verticale. Nevis-Latan occupait le siège du copilote. Il était comme figé, les yeux perdus sur la mer. Pour lui qui vivait en même temps la réalité et ce qu'André Lenoir le forçait à croire, les choses n'étaient pas simples.

Le glisseur survola Wor-Kartan à deux cents mètres d'altitude et peu de temps après, la cité se réduisit à une petite tache claire sur l'horizon.

— Comment arriverons-nous à transférer notre prisonnier à bord du *Pertagor* ? murmura Atlan à l'oreille de Rhodan.

— Dès que nous atterrirons, Kakuta se téléportera avec lui dans le vaisseau. C'est le seul moyen pour qu'il échappe à tous les regards.

— Et si l'on vient inspecter l'intérieur de la nef avant le départ ? questionna Bradon à son tour.

— On verra bien, riposta Perry Rhodan. Il est probable que nous allons encore avoir une foule de difficultés qu'il nous faudra bien surmonter pour faire décoller notre vaisseau lémurien.

— Si le service du contrôle spatial intervient, vous êtes perdus, dit Tannwander. Zabot vous poursuivra avec toute son armada avant même que vous ne soyez sortis de l'atmosphère.

Rhodan se contenta de hocher la tête. Ses pensées avaient pris une certaine avance. Il voyait déjà le moment où le *Krest III* allait forcer le mur temporel et sortir du champ d'annulation absolu.

— A quoi penses-tu ? voulut savoir Atlan.
— A l'avenir. Au sens propre du terme.
— Vous continuez à courir après vos cinquante mille années ? demanda Tannwander non sans ironie.

Ils arrivaient dans les faubourgs d'Atarsk. Les pistes de l'immense spatioport se dessinaient au-dessous d'eux.

— Posez-vous le plus près possible du *Pertagor*, dit-il au pilote.

L'appareil se glissa dans le flux des innombrables avions qui encombraient les pistes. Ils avançaient très lentement. Rhodan sentit l'impatience le gagner, bien qu'il fût parfaitement conscient que Tannwander n'avait pas d'autre solution que de rester dans la file.

Ils réussirent enfin à obliquer pour prendre la large avenue qui conduisait au spatioport. Un véhicule de la police arriva, puis fit rapidement demi-tour. Personne ne semblait s'intéresser à ce petit glisseur anonyme.

— Il va falloir que vous nous aidiez à obtenir l'autorisation de décoller, dit-il au Lémurien, dans l'espoir que la chance continuerait à leur sourire.

— Vous pouvez la demander par radio, c'est le moyen le plus rapide, répondit Tannwander. Ou bien aller vous inscrire dans le bâtiment administratif.

— Je préfère la solution de la radio, décida Rhodan. Comment procéder ?

— Il n'y a que les cas urgents qui se règlent par radio. Expliquez à votre interlocuteur que l'un des membres de votre équipage est gravement malade et que vous devez rentrer chez vous le plus rapidement possible. Ils seront ravis de n'avoir pas à se charger de ce client supplémentaire à l'hôpital d'Atarsk.

— Excellente idée, approuva Rhodan.

Ils atteignirent enfin l'aire d'atterrissage. Deux vaisseaux géants étaient en cours de déchargement et un groupe d'enfants assistait à l'opération, sans doute des écoliers en train de visiter le spatioport. Tous les regards étaient tournés vers les deux géants. On pouvait espérer que personne ne s'intéresserait au *Pertagor*.

Tannwander atterrit à proximité des bâtiments administratifs.

— Pourquoi n'allez-vous pas vous poser directement auprès du *Pertagor* ? demanda Atlan.

— Les glisseurs privés n'ont pas le droit de se garer sur l'aire d'atterrissage. Ce n'est pas le moment de provoquer la police d'ordre !

— Tako, sautez dans l'astronef pour voir si personne ne nous y attend. Si tout va bien, revenez aussitôt ici et vous y retournerez en emportant Nevis-Latan.

Le mutant se dématérialisa. Rhodan avait les yeux fixés sur le petit navire posé à cinq cents mètres environ de leur glisseur. Malheureusement les nombreux transporteurs et véhicules de service qui encombraient le champ l'empêchaient de voir les détails. Kakuta revint au bout de quelques minutes seulement.

— Il n'y a personne dans la nef, mais j'ai repéré quatre types qui tournaient autour. Je ne pense pas que ce soient des membres de la police.

— Ce sont les hommes d'Ostrum, grogna Tannwander. Il les a envoyés en éclaireurs, à charge pour eux d'avertir la police dès que vous arriverez.

— Alors, que faisons-nous ? demanda le lieutenant Bradon visiblement fatigué.

— L'Emir et Tako Kakuta pourraient nous téléporter à tour de rôle dans le *Pertagor* sans que les éclaireurs ne nous voient, proposa Atlan.

— Non, répondit Rhodan après une minute de réflexion. Je ne crois pas que ce soit une bonne solution. S'ils voient l'appareil décoller sans équipage apparent, les gars vont immédiatement prévenir la police.

— Je peux me charger d'eux, proposa L'Emir à son tour, et leur faire rapidement passer le goût de l'espionnage.

Mais Rhodan n'était toujours pas d'accord. L'intervention de L'Emir aurait tôt fait de rassembler une foule de Lémuriens curieux de voir s'envoler sans raison apparente quatre types dans les airs.

— Tannwander est le seul qui puisse nous venir en aide, déclara Rhodan.

— Ah ! Le contraire m'aurait étonné ! s'écria le Lémurien. Qu'est-ce que vous proposez, vous ?

— Croyez-vous que l'un de ces éclaireurs vous connaisse ?

— Non, sûrement pas.

— Dans ce cas, allez les trouver en vous faisant passer pour un collaborateur de Dromm. Expliquez-leur que les neuf Alariens sont en train d'embarquer clandestinement dans un cargo parce qu'ils doivent de l'argent à Dromm. Dites-leur aussi que Dromm vous a envoyé ici pour veiller sur le *Pertagor* parce qu'il veut récupérer à tout prix quelques équipements précieux avant de se dessaisir de l'appareil.

Tannwander ricana. Comme Rhodan s'y attendait, cette histoire l'amusait. Tout dépendait maintenant de la réaction des espions d'Ostrum. Allaient-ils avaler l'hameçon ou flairer le piège ?

Le jeune Lémurien quitta le glisseur. Deux heures s'étaient déjà écoulées depuis qu'ils avaient abandonné le submersible de Nevis-Latan au fond de la mer. Il ne leur en restait plus que deux pour rejoindre le *Krest III*, s'ils ne voulaient pas manquer le rendez-vous avec la brèche du mur temporel.

— Qu'allons-nous faire si Tannwander échoue ? demanda Redhorse.

— Nous nous ferons téléporter par Kakuta et L'Emir à bord du *Pertagor*, répondit Rhodan à contrecœur.

Un quart d'heure se passa encore avant le retour du Lémurien.

— Ouf ! Les voilà partis, annonça-t-il avec un large

sourire. Ils sont tombés à pieds joints dans le panneau et se sont aussitôt mis à courir vers l'un des deux cargos où je pense qu'ils causeront une certaine effervescence.

— Bravo, conclut Rhodan. Maintenant, à vous de jouer, Tako. Vous allez sauter avec Nevis-Latan jusqu'au *Pertagor*. Toi aussi, L'Emir. Et nous, nous irons à pied.

Il attendit leur départ avant de se tourner vers Tannwander.

— Voici venu le moment de nous quitter, Tannwander. Vous nous avez aidés plus que vous ne le pensez sans doute. A l'exception des barres de piézoquartz que nous vous avons déjà données, nous ne possédons rien qui puisse vous prouver notre reconnaissance.

Tannwander baissa la tête.

— Allez-vous enfin me dire toute la vérité ?

Pour un peu, Rhodan aurait accédé à son désir. Mais il se reprit à temps, se disant que cette vérité, extrêmement complexe dans toutes ses facettes, ne ferait que peser sur l'esprit du Lémurien. Il fit un signe imperceptible à André Lenoir.

Pas assez imperceptible pourtant, puisque Tannwander s'en aperçut et l'interpréta judicieusement.

— Apparemment, le moment est venu où vous allez m'enlever le souvenir de tout ce qu'il ne faut pas que je sache ? dit-il d'une voix amère.

— C'est préférable, répondit Rhodan embarrassé.

— Attendez ! s'écria encore Tannwander. Vous savez parfaitement que je ne pourrai jamais utiliser ce que j'ai appris, parce que personne ne me croirait. Vous voulez m'en effacer le souvenir parce que vous craignez que je passe le restant de ma vie à rechercher cette vérité ? Où puisez-vous le droit de manipuler ainsi ma mémoire ?

— Nous pensons que c'est mieux pour vous.

Piètre argument en vérité. Il savait pertinemment que, s'il avait été dans la même situation que Tannwander, il aurait réagi de la même manière.

— Dépêchons-nous, il faut partir, insista Atlan.

— Je commence ? demanda Lenoir d'une voix indifférente, mais Rhodan savait que ce n'était qu'une apparence, car le fascinateur avait beaucoup de sympathie pour le chef de l'organisation clandestine de Lémuria.

— Non, répondit-il. Laissez-le tranquille.

— Tu ne peux pas faire cela ! protesta Atlan avec une véhémence qui ne lui était pas coutumière. Si jamais un autre Maître Insulaire débarque ici, il ne manquera pas de l'interroger.

— Si nous retournons dans le temps réel, plus un seul Maître Insulaire n'aura l'occasion de venir sur Lémuria, répondit Rhodan.

— Tout de même ! Lui abandonner ainsi tous ses souvenirs ! Quelle sentimentalité ridicule ! Cela frise l'irresponsabilité, s'exclama l'Arkonide furieux.

— C'est le droit le plus strict de tout Terranien d'être sentimental de temps en temps, déclara Rhodan.

Ce qui mettait fin au débat. Tannwander s'en rendit compte, et son visage s'éclaira. Il remercia Rhodan d'un regard appuyé et alla reprendre sa place aux commandes du glisseur. Atlan sauta sur la piste sans même prendre congé de lui.

— Pourquoi supportez-vous qu'un de vos hommes vous contredise de cette manière ? demanda Tannwander étonné.

— Atlan n'est pas « un de mes hommes », répondit Rhodan en riant. Ne le condamnez pas. Au fond de lui-même, ma décision l'a tout autant soulagé que vous et moi.

Tannwander se cala contre son siège et prit une profonde inspiration.

— Il faut que je vous le dise : vous autres, prétendus Alariens, vous allez me manquer... ainsi que votre odeur !

*
* *

Ils se trouvaient réunis tous les neuf dans le *Pertagor* qui, le sas refermé et la passerelle rabattue, était prêt à appareiller. Mais l'autorisation officielle de décoller se faisait toujours attendre. Depuis déjà vingt minutes, constata Rhodan en jetant un coup d'œil sur sa montre.

— Je crois que je vais rappeler le bâtiment administratif, dit-il à l'Arkonide. Sinon, ils vont encore nous faire languir davantage.

Ce qu'il fit. Apparemment sans succès immédiat. Dans une heure à peine, le *Krest III* allait pénétrer dans le système de Big Blue, il fallait absolument qu'à ce moment-là, le *Pertagor* soit garé dans ses soutes.

— Je parie qu'ils ont averti la police, dit L'Emir. Et qui plus est, les espions d'Ostrum ne vont pas tarder à revenir après avoir mis le cargo sens dessus dessous sans nous trouver.

Un appel radio les fit sursauter, avant même que Rhodan ait pu réagir. La tête du fonctionnaire qui leur avait répondu quelques minutes plus tôt apparut sur l'écran. Il avait l'air de méchante humeur.

— Vous pouvez décoller dans trois minutes. Normalement, les choses ne vont pas aussi vite, mais nous avons reçu un appel de la société qui vous a vendu le *Pertagor* et qui nous a demandé de vous laisser partir le plus tôt possible.

— Dromm, dit Redhorse étonné. Comment lui est-il venu à l'idée...

— Tannwander, déclara Perry Rhodan avec un clin d'œil du côté de l'Arkonide. Il peut arriver qu'un accès de sentimentalité ait son utilité.

Trois minutes plus tard exactement, l'ordre de décollage leur parvint de la tour de contrôle. Le *Pertagor* s'éleva à la verticale. La ville d'Atarsk s'éloigna progressivement. Rhodan, Redhorse et Bradon prirent les commandes.

Les plans échafaudés par Perry Rhodan avaient fonctionné jusqu'alors sans trop de difficultés. Il n'empêche que ses hommes se trouvaient toujours relégués à cinquante mille ans dans le passé.

La phase décisive de l'entreprise allait seulement commencer.

CHAPITRE X

Le *Krest III*, le plus grand vaisseau spatial qui ait parcouru l'espace sous le pavillon de l'Empire Solaire, était aussi une véritable cité, vivant en autarcie totale. Peut-être construirait-on plus tard des astronefs plus grands encore et capables de résister à n'importe quelle agression, aussi puissante fût-elle, mais aucun ne pourrait être conçu avec autant de précision et de subtilité dans la répartition des ponts principaux et annexes avec leurs différents équipements que celui-là.

Cet ultracroiseur, se dit John Marshall en pénétrant dans le poste central, était l'une des réalisations techniques les plus élaborées de l'humanité. Il offrait aux membres de l'équipage un sentiment de sécurité absolue au moment du danger. Marshall savait qu'actuellement la majeure partie de l'équipage était soulagée de vivre les dernières heures de l'attente interminable à laquelle elle avait été soumise depuis si longtemps, sans songer à ce qui les attendait quand ils arriveraient à proximité de l'étoile géante Big Blue.

Il jeta un coup d'œil sur l'horloge de bord. Encore dix minutes et le *Krest III* quitterait l'espace linéaire et se rapprocherait de Big Blue pour se mettre à l'abri des détections intempestives. C'est là qu'il récupérerait Perry Rhodan et son équipe de faux Alariens.

Grâce aux signaux d'appel condensés de L'Emir, l'équipage de l'ultracroiseur était au courant, du moins dans ses grandes lignes, de ce qui s'était passé sur l'unique planète de Big Blue. Aussi avait-on déjà commencé les préparatifs du retour dans le temps réel.

L'optimisme de l'équipage semblait un peu prématuré aux yeux du télépathe, mais il comprenait la réaction des spationautes qui avaient eu largement le temps de perdre presque tout espoir de retrouver le temps présent.

Marshall ne savait pas, par contre, comment Rhodan avait réussi à convaincre le Maître Insulaire d'ordonner à l'équipe de contrôle de la station temporelle de faire traverser le mur du temps au *Krest III*. Mais connaissant le Stellarque, il se doutait bien qu'il avait dû imaginer une supercherie d'envergure.

Le chef des mutants resta aux côtés de Melbar Kasom et d'Icho Tolot. Du reste, presque tous les officiers de l'ultracroiseur s'étaient réunis dans le poste central et discutaient avec animation. Le colonel Cart Rudo demeurait en communication constante avec tous les postes du navire afin de distribuer ses ordres. Comme cela lui arrivait si souvent, Marshall éprouvait cette fois encore une certaine admiration pour l'Epsalien. Les tâches du commandant d'un tel monstre paraissaient incalculables à un profane. Rudo devait penser à tant de détails à la fois qu'il paraissait inconcevable qu'il n'en oublie pas quelques-uns au passage. Or le colonel n'oubliait jamais rien. D'ailleurs, même si cela lui arrivait un jour, les systèmes de sécurité interviendraient immédiatement pour éviter une panne. Avant toute entreprise importante, les diverses positroniques étaient dûment programmées, ce qui soulageait le commandant d'une grande partie de son travail.

Rudo prit tout de même le temps de tourner la tête vers Tolot, Marshall et Kasom et de leur sourire.

— J'ai rarement pris autant de plaisir à piloter le monstre, déclara-t-il de sa voix tonitruante.

« Le monstre », c'était une de ses expressions favorites pour désigner la nef géante. Le bruit courait parmi les spationautes que Rudo vivait en symbiose avec son navire au point de dormir dans son siège de commandant. Après tout, ce n'était pas impossible, tel qu'on le connaissait.

— Encore six minutes, dit Icho Tolot.

Marshall ne pouvait s'empêcher de percevoir un certain scepticisme derrière les paroles du Halutien qui évitait de poser la moindre question. Ainsi n'avait-il jamais fait de commentaires sur les informations fournies par L'Emir. Son silence devenait pesant, surtout dans ces circonstances où l'équipage du *Krest III* aurait eu besoin du soutien de cet ami en qui il avait toute confiance.

Il décida d'essayer par tous les moyens de forcer le barrage de silence élevé par Icho Tolot.

— Est-ce que le saut temporel qui nous attend ressemblera au précédent ? lui demanda-t-il. Ou croyez-vous que ce sera très différent ?

— C'est difficile à dire, répondit Tolot sans se compromettre. (Et soudain, il sembla se réveiller de sa torpeur et poursuivit :) Je n'arrive pas à comprendre pour quelle raison Perry Rhodan tient à cacher au Maître Insulaire le passage du *Krest* dans le temps réel. Je pense qu'on nous y attend déjà, mais je crains aussi qu'on ne nous réserve une réception particulièrement chaude.

Marshall jeta un regard à Kasom. Ainsi Tolot croyait bien qu'ils retrouveraient le temps réel, mais apparemment, il ne pensait pas qu'ils en profiteraient longtemps.

— Le déplacement du *Krest* se fera presque exclusivement dans le temps, poursuivit Tolot. Autrement dit, il sortira sensiblement à l'endroit même où il sera entré dans le champ d'annulation absolu. Je crois que nous y serons accueillis par un déploiement de spationefs téfrodiens qui ouvriront le feu dès que le vaisseau redeviendra visible. Et nous n'aurons même pas l'occasion, nous, de tirer une seule salve.

Un silence pesant accueillit cette déclaration.

— Encore trois minutes ! lança un des officiers présents dans le poste central.

— Perry Rhodan a dû y penser, lui aussi, dit Marshall à Tolot. Et pourtant, pour une raison que j'ignore, il est convaincu que les choses n'iront pas jusque là.

— Pour Rhodan, c'est la solution du désespoir, répliqua Tolot imperturbable. Nous savons tous combien nos chances de retrouver le temps réel sont minimes. Dans cette situation, il est bien obligé de saisir l'occasion qui lui est offerte. (Au bout de quelques secondes de silence, il ajouta :) A sa place, je n'aurais sans doute pas agi autrement.

Comme toujours, le raisonnement d'Icho Tolot paraissait aussi logique qu'irréfutable. Néanmoins Marshall se refusa à y croire. S'il n'y avait eu aucune chance d'échapper à l'emprise des Maîtres Insulaires, Rhodan serait resté dans le passé. A moins que...

Il serra les lèvres. A quoi bon se torturer l'esprit ? Dès que le Stellarque serait remonté à bord du *Krest III*, ils apprendraient tous la vérité.

— Nous quittons l'espace linéaire et diminuons la vitesse, annonça Cart Rudo d'une voix qui n'avait rien perdu de son impassibilité coutumière. Le navire est maintenant à l'abri des détections étrangères, protégé par Big Blue. Alerte rouge pour tous les postes de tir.

La surface flamboyante de Big Blue illumina les écrans. Les détecteurs de masse et de fréquence entrèrent en fonction. L'écran à surcharge de haute énergie du *Krest* fut levé. A la vitesse de l'éclair, les positroniques analysaient toutes les données fournies par les détecteurs.

— Ça grouille de spationefs dans ce coin, constata Rudo.

Tout le monde s'y attendait. Les déflecteurs de l'ultra-croiseur s'activèrent. La proximité de l'étoile géante le protégeait aussi des regards indiscrets. Il était impossible à présent de repérer le *Krest*, sauf par un coup de hasard imprévisible ou des appareils ultraperfectionnés.

— Et maintenant, où se trouve le vaisseau de Rhodan ? demanda le lieutenant Son Hunha.

— Du calme, grogna Cart Rudo. C'est nous qui sommes chargés de le trouver.

— A condition qu'il soit bien dans ce secteur de l'espace, ajouta Tolot.

Le commandant mit l'ultracroiseur en orbite autour de l'étoile géante. Il ne quittait pas les écrans des yeux car chaque vaisseau qui apparaissait pouvait être celui des Alariens.

Marshall aussi observait les écrans de détection avec une attention soutenue. L'escadre de surveillance formée en V qui les avait poursuivis, lui et Hegmar, lorsqu'ils avaient pénétré dans l'atmosphère de Lémuria avec leur chasseur Mosquito, se déplaçait à environ deux cent mille miles de sa planète d'origine. Marshall n'avait pas l'impression qu'ils chassaient un navire en particulier. Personne ne poursuivait le vaisseau de Rhodan... si tant est qu'il ait vraiment décollé.

— Objet en vue dans le secteur C-quatre-jaune, il se rapproche du soleil ! annonça l'un des hommes du poste de détection.

— Suivez la même trajectoire ! grogna Rudo.

— Diamètre approximatif de l'objet soixante mètres, cria encore la voix.

Les positroniques avaient déjà calculé la trajectoire suivie par le vaisseau inconnu ainsi que sa vitesse.

— L'astronef se met en orbite autour du soleil !

— Ce sont eux ! tonna Rudo au comble de l'excitation.

Un des officiers poussa un hurlement triomphal.

— Envoyez un signal d'appel condensé au vaisseau, Sparks ! ordonna Rudo au radio. Mais surtout, veillez à ce qu'on ne puisse pas nous repérer.

Quelques secondes plus tard arriva la réponse du *Pertagor*.

L'écran SH du vaisseau amiral fut aussitôt neutralisé.

Le *Krest III* fila à la rencontre du petit astronef. Le sas d'un hangar s'ouvrit. Quatre minutes plus tard exactement, la nef lémurienne reposait au milieu des corvettes.

Rhodan et son équipe étaient rentrés chez eux.

Mais ils n'étaient pas seuls.

Nevis-Latan les accompagnait.

Un Maître Insulaire.

*
* *

Le *Krest III* se dirigea vers le point indiqué par Nevis-Latan, à proximité de la couronne solaire de Big Blue. Encore quelques instants et le monstrueux astronef de deux mille mètres de diamètre allait être projeté dans le futur par un champ de force colossal qui puisait directement son énergie dans le soleil.

Nevis-Latan occupait le siège voisin de celui du commandant. Perry Rhodan, debout derrière lui, ne le quittait pas des yeux. Certes, de toute évidence, l'ancien Tamrat était sous l'emprise totale du fascinateur André Lenoir, mais cela n'empêchait pas Rhodan de se méfier. Il s'attendait bien à ce que les Maîtres Insulaires aient pris quelques mesures de précaution en prévision d'une éventuelle agression.

Le Stellarque se cramponnait des deux mains au dossier du siège de son prisonnier. Le *Krest III* ne réintégrerait pas le temps réel sans avoir pris, lui aussi, toutes ses précautions. Des circuits spéciaux et les programmations détaillées des positroniques veilleraient à ce que, sans l'intervention de son équipage, l'ultracroiseur commence à faire feu dès sa rentrée dans le temps normal. L'objectif de l'attaque devait être la station temporelle de Vario. Tout devait se passer de manière ultrarapide pour ne pas laisser aux doublons postés sur Vario le temps de lever un écran énergétique qui sauverait la planète des bombes et des canons radiants des Terraniens.

Le *Krest III* se trouvait à présent en position dangereuse, à proximité de Big Blue. Seuls les champs énergétiques superpuissants et les propulseurs poussés au maximum de leur capacité empêchaient la destruction de l'ultracroiseur. Rhodan ne se faisait pas de soucis pour le navire. Il savait qu'il pouvait se fier entièrement au colonel Rudo.

A l'intérieur du poste central régnait un silence absolu, exception faite du ronronnement des machines. Les visages des spationautes étaient blêmes et tendus. Tous les membres de l'équipage savaient quel risque le Stellarque avait pris en lançant cette opération.

— Nous arrivons au point fixé, annonça Cart Rudo.

Rhodan vit Nevis-Latan se pencher vers l'avant. Il avait l'air parfaitement calme, comme s'il était habitué à ce genre de manœuvre.

Soudain, il perçut comme un changement subtil dans le vaisseau. Pendant une fraction de seconde, le bruit des machines s'assourdit, pour se regonfler presque aussitôt jusqu'à atteindre sa puissance normale.

— Le champ d'annulation ! s'écria Atlan. Nous fonçons directement dans le champ d'annulation absolu.

Sur les écrans de détection se dessinait le champ temporel, dont une puissance énergétique incalculable maintenait la stabilité. Il n'y avait plus de retour en arrière possible maintenant, Rhodan le savait. Ils se trouvaient déjà embarqués dans la transition temporelle.

Il se tourna vers Nevis-Latan.

— Est-ce que tout se passe normalement ? lui demanda-t-il.

Le Maître Insulaire acquiesça de la tête.

— Bien sûr, répondit-il d'un air satisfait. Pourquoi y aurait-il des difficultés ?

Le déplacement temporel commençait sa phase terminale et ne s'arrêterait plus que dans le temps réel. Le *Krest III* avançait vers le futur d'où il était venu.

Une fois encore, le bourdonnement des machines se transforma en un murmure à peine perceptible. Les étoiles visibles sur les écrans paraissaient être soumises à une force arbitraire, car elles scintillaient en tremblotant, comme si elles étaient la proie d'une tourmente, et se déplaçaient par saccades à travers le cosmos.

Vario se transforma en un anneau éclatant ceinturant l'étoile, son orbite s'inscrivit sur les écrans comme un dessin d'une extrême précision.

Rhodan ne songeait même pas à éprouver du soulagement. Il restait totalement sous le charme de ce processus inouï. Il ne pensait ni à ce qui les attendait, ni à ce qu'ils avaient quitté. Son esprit se concentrait entièrement sur le mouvement temporel auquel étaient soumis le navire et son équipage.

Personne ne disait mot. Les officiers contemplaient les écrans et les instruments sur lesquels s'inscrivaient des chiffres. Icho Tolot était le seul à bouger dans le central. Il faisait les cent pas, soucieux avant tout, semblait-il, de rassembler le maximum d'impressions de ces instants mémorables.

Soudain, l'anneau incandescent formé par Vario s'effondra. Le *Krest III* sortit du champ d'annulation absolu. Il se rematérialisa au-dessus de la planète désertique qui avait été autrefois la Nouvelle Lémuria.

Une microseconde seulement après le choc en retour qui marquait la fin de la transition temporelle, les positroniques du navire enclenchèrent les armes préparées d'avance.

Les batteries de bord ouvrirent le feu. Les canons radiants et les désintégrateurs entrèrent en danse. Le vaisseau ne se trouvait qu'à quelques centaines de miles au-dessus des générateurs du transmetteur temporel de Vario. Rhodan espérait que tout se passerait tellement vite que le cerveau P central de la station ne serait plus en mesure de lever autour de la planète un champ protecteur alimenté par l'énergie puisée directement dans le soleil. Ce champ énergétique aurait rendu illusoire toute attaque future du *Krest III*.

Mais un coup d'œil sur les écrans suffit au Terranien pour être pleinement rassuré. Dans le fracas apocalyptique des décharges violentes des bombes atomiques, les radiants frappaient la surface sans défense de Vario et pénétraient dans les installations souterraines où elles provoquaient des explosions colossales. Le transmetteur temporel fut ébranlé dans ses fondations. Personne n'était en mesure d'opposer la moindre résistance à ce cataclysme brutal. Les quelques doublons postés dans ces installations souterraines périrent avant même de se rendre compte de ce qui leur arrivait. Dans l'attente d'un astronef scientifique, ils s'étaient contentés d'observer les événements avec insouciance.

Aussitôt après avoir ouvert le feu, le *Krest III* envoya plusieurs bombes arkonides qui allaient déclencher sur Vario des incendies nucléaires inextinguibles. C'était le commencement de la fin. Bientôt Vario deviendrait une étoile.

Lorsque le pilotage automatique fit brusquement accélérer le *Krest III* et que les machines se remirent à rugir, il ne restait plus de Lémuria qu'une planète à l'agonie. La station temporelle était pulvérisée. Les Maîtres Insulaires n'avaient plus la possibilité de renvoyer qui ou quoi que ce fût dans le passé.

Tout s'était déroulé si rapidement que Rhodan était encore totalement sous l'impression de cet événement fabuleux, lorsque le *Krest III* accéléra à nouveau sous la puissance maximale de ses propulseurs et fonça vers les unités des croiseurs téfrodiens.

Le Stellarque avait également prévu la présence possible de ces forces redoutables et pris les mesures de précaution qui s'imposaient. Cette fois, ils se voyaient confrontés non plus aux Lémuriens, mais aux doublons dont les Maîtres Insulaires étaient allés chercher dans le passé la majorité des modèles originaux. Une source de personnel désormais tarie pour eux, se dit-il en passant. Piètre victoire, car les Maîtres Insulaires et leurs amis téfrodiens disposaient d'un nombre inépuisable de modèles et pouvaient ainsi compléter à tout moment leurs armées de doublons dont l'effectif se montait à plusieurs millions d'individus.

Perry Rhodan concentra toute son attention sur les écrans. Faisant feu de l'ensemble de ses batteries, l'ultracroiseur de l'Astromarine Solaire fonçait parmi les unités de la flotte téfrodienne. Rhodan essaya d'imaginer ce qui se passait en ce moment dans les postes de commandement des vaisseaux ennemis. Ils devaient être tellement sidérés qu'il n'y avait plus à craindre de leur part d'attaque organisée contre l'ultracroiseur terranien.

Trois d'entre eux se mirent à le prendre pour cible, mais leurs tirs étaient beaucoup trop incontrôlés pour mettre le *Krest III* en danger.

— Maintenez le cap, colonel ! cria Rhodan à l'Epsalien.

Tel un fantôme, le « monstre » de Cart Rudo perça l'anneau des unités téfrodiennes. Avec la force du désespoir, les commandants doublons augmentèrent la vitesse de leurs vaisseaux, mais ils réagissaient beaucoup trop tard.

Le *Krest III* avait atteint la vitesse nécessaire pour que les convertisseurs kalupéens s'activent. Une masse titanesque d'acier, de plastique et d'énergie franchit les frontières de l'univers einsteinien et pénétra dans l'entr'espace.

C'est alors seulement que le Stellarque se rendit compte à quel point il était resté crispé derrière le fauteuil de Nevis-Latan. Il détacha ses mains et lança à Atlan un regard interrogateur. L'Arkonide lui sourit faiblement.

— Il semblerait que nous ayons réussi, déclara-t-il. Mais il n'est pas facile de se faire à l'idée que nous allons continuer à vivre dans un temps qui est réellement le nôtre.

Un gémissement les arracha à leur contemplation intérieure. Il venait du prisonnier qui gisait, effondré sur son siège. Rhodan le redressa brutalement. Le malheureux paraissait complètement brisé. Au regard que lui lança le Stellarque, André Lenoir répondit par un haussement d'épaules, comme s'il réclamait l'indulgence de son chef. Rhodan en conclut que lors de leur voyage temporel, le Maître Insulaire avait dû échapper à l'emprise parapsychique du fascinateur. Mais après tout, c'était normal, Lenoir avait connu la même tension que les non mutants, et son contrôle mental en avait souffert.

— Que s'est-il passé ? demanda soudain Nevis-Latan d'une voix à peine audible.

Rhodan se décida à lui avouer la vérité. En quelques mots, il lui fit un résumé de toute l'affaire. Sans que rien n'eût pu le laisser prévoir, Nevis-Latan éclata d'un rire strident.

— Quoi ? hurla-t-il. Le transmetteur temporel détruit ? Personne ne peut causer la moindre égratignure à cette station !

— C'est pourtant la vérité, confirma Rhodan. Votre organisation vient d'essuyer un échec définitif.

Nevis-Latan bondit sur ses pieds, son siège tomba à la renverse. Aussitôt trois officiers se précipitèrent pour le tenir en respect.

— Conduisez-moi à la station ! hurla le Maître Insulaire.

— Je crains fort qu'il ne devienne fou, murmura Atlan à l'oreille de son ami. Le blocage et le poids de la constante emprise du fascinateur lui ont ravagé l'esprit. Si nous voulons en obtenir quelque chose, il nous faudra encore une fois avoir recours au psychodélieur.

Rhodan hésita. Le *Krest III* se trouvait dans une sécurité relative. La station temporelle était anéantie. Il n'y avait donc pas de raison urgente de soumettre encore le prisonnier à cette torture.

— Nous avons absolument besoin d'en savoir davantage sur l'organisation de nos ennemis, insista Atlan. Décide-toi avant qu'il ne soit trop tard !

Les officiers lièrent le Maître Insulaire sur son siège. Il hurlait sans arrêt, mais on comprenait de moins en moins ce qu'il disait.

Rhodan se secoua.

— Allons-y pour un dernier interrogatoire, dit-il à Atlan.

Sur un signe de l'Arkonide, le major Redhorse apporta l'appareil.

Le passage du *Krest III* dans le continuum détourna l'attention du Stellarque. Ils se trouvaient à cent années-lumière à peine du système de Big Blue. Le colonel Rudo s'approcha d'une étoile inconnue pour se mettre à l'abri des détections fâcheuses.

Les détecteurs d'énergie supraluminique entrèrent en activité. Quelques minutes plus tard, les calculateurs révélèrent que le secteur de Vario avait été le théâtre d'une énorme décharge d'énergie. La planète sur laquelle les Maîtres Insulaires avaient édifié leur piège temporel s'était transformée en un petit soleil.

Les détecteurs continuaient à travailler. Rhodan en confia le contrôle à Cart Rudo ainsi que l'initiative des mesures à prendre en conséquence. Plus un seul vaisseau téfrodien ne traînait dans les parages.

— On peut commencer ! cria Atlan. L'appareil est branché !

— Les pensées de notre prisonnier sont tout à fait confuses, annonça John Marshall. Je ne saisis aucune impulsion claire.

— Moi non plus, confirma L'Emir. Je crains fort que le pauvre ne soit plus jamais en état d'être interrogé.

— Nous allons encore essayer, décida Atlan.

Il brancha quelques circuits et s'approcha de l'ex-Tamrat qui fixait Rhodan et l'Arkonide d'un regard totalement vide, le front ruisselant de transpiration.

— Nevis-Latan ! cria Atlan. Nevis-Latan, vous m'entendez ?

Ils perçurent quelques borborygmes, puis le corps du prisonnier fut agité de spasmes.

— Vous et votre organisation, vous avez plus de crimes sur la conscience que n'importe quelle autre puissance des deux galaxies, gronda Atlan. A présent, votre fin approche.

— Qu'est-ce... que vous... voulez ? laissèrent échapper les lèvres tremblantes de Nevis-Latan.

— Combien de membres y a-t-il dans votre organisation ? demanda Atlan.

Le Maître Insulaire émit une sorte de gargouillis. Son menton lui tomba sur la poitrine. Il ricana comme un dément.

— Il faut poser la question autrement, intervint L'Emir.

— Combien y a-t-il de Maîtres Insulaires ? demanda alors Atlan en toute hâte.

Le corps de Nevis-Latan se cabra. Une haine dévorante perçait dans son regard. Son rire en cascade fit frémir les officiers qui se trouvaient encore dans le poste de commandement.

— Sept ! hurla-t-il d'une voix perçante. Il n'y en a plus que sept.

Ce furent ses dernières paroles. Son corps se relâcha. Une fois encore, on eut l'impression que son indomptable volonté de vivre allait reprendre le dessus, mais le blocage mental finit par être le plus fort.

Nevis-Latan rendit l'âme avant même qu'on l'ait libéré de ses liens.

— Il avait perdu la raison, expliqua John Marshall. Il ne savait même plus où il se trouvait.

Sans un mot, Atlan rangea les câbles du psychodélieur.

— Alors ? fit Rhodan d'une voix dure. En quoi consiste le succès de cet interrogatoire ? Peut-être dans le fait que nous l'avons envoyé définitivement dans la mort ?

— Non, riposta Atlan. Nous savons maintenant qu'il ne reste que sept Maîtres Insulaires.

Rhodan le regarda d'un air incrédule.

— Tu penses que...

— Oui, je crois qu'il a dit la vérité. Nous savions déjà qu'ils n'étaient pas très nombreux. Maintenant nous en avons la certitude.

— Tout de même, sept hommes..., reprit Rhodan.

— J'en suis tout aussi abasourdi que toi, dit Atlan. Mais nous n'avons aucune raison de douter de ses paroles.

Rhodan revécut en pensée les derniers instants du Maître Insulaire. Et s'il avait tenté, par un ultime mensonge, de nuire encore à ses ennemis ? Apprendraient-ils jamais la vérité ?

— Emportez-le à l'infirmerie ! ordonna-t-il.

Atlan lui passa la main sous la chemise.

— Son activateur cellulaire a dû se désagréger aussitôt après sa mort, dit-il aux hommes du *Krest III*. Toujours est-il qu'il a disparu.

Trois médirobots vinrent chercher le cadavre et l'emportèrent à l'infirmerie du bord où l'on ne put que constater le décès. Il fut impossible de le réanimer. Son cerveau était complètement ravagé.

Rhodan afficha un petit sourire las.

— Moi qui croyais que nous allions fêter dignement notre retour dans le présent, dit-il, je dois avouer que je n'ai pas grande envie de faire la fête.

— Nous sommes trop fatigués, dit Atlan.

— Fatigués ? répéta Rhodan en tapotant son activateur. Nous ignorons la fatigue, voyons !

— Il existe plusieurs sortes de lassitude, répliqua Atlan.

Olivier Doutreval entra dans le central, barbu, sale et dépenaillé. Manifestement, il n'avait pas encore pris le temps de passer sous la douche.

Rhodan se tourna vers le colonel Rudo.

— Il faut que nous atteignions le plus rapidement possible l'île spatiale KA-Supertarif, colonel, dit-il. Dès que les détecteurs auront terminé leur travail, nous appareillerons.

— Sommes-nous toujours des Alariens, commandant ? demanda le radio en s'approchant de Perry Rhodan.

— Non, bien sûr.

— Alors, je peux aller prendre un bain ?

— Naturellement !

Il ne se le fit pas dire deux fois et disparut dans un tourbillon.

Rhodan se tourna vers L'Emir.

— Je t'ai réservé une mission spéciale, petit. Veille à ce que le sergent Brazos Surfat se lave, se rase et s'habille convenablement.

— Oh ! Très volontiers ! pépia le mulot en riant de toutes ses dents.

Quelques minutes plus tard, des cris d'orfraie retentirent, en provenance des cellules de soins corporels. Surfat appelait désespérément au secours. L'opération de décrassage dura un bon moment, si l'on en croit le charivari qui se prolongea longtemps encore dans ce secteur. Par la suite, L'Emir prétendit que Surfat avait été le plus sale de tous. Mais personne ne le crut, et surtout pas le principal intéressé.

DEUXIEME PARTIE

CHAPITRE PREMIER

Roger McKay n'était plus jamais revenu dans le secteur de Rigel depuis ce fameux jour où il avait été grièvement blessé au cours de l'opération qui devait aboutir au démantèlement du réseau d'agents des Antis sur Hrodgar. C'est d'ailleurs cette blessure qui l'avait rendu inapte au service actif de la Défense Galactique.

A présent, il venait de parcourir huit cents années-lumière à bord d'un chasseur cosmique ultra-rapide pour une vulgaire mission qui consistait à contrôler une filiale de la Société de Finan- cement Yale sur la planète Oyun. Les détails que lui avait donnés le directeur général de la Société dans son bureau de Terrania n'étaient guère encourageants : apparemment, la filiale d'Oyun avait, à deux reprises déjà, fourni des billets de banque portant les mêmes numéros de séries, ce qui sentait son atelier de falsification à plein nez. Seulement voilà, objectivement parlant, les billets de banque de l'Empire Solaire étaient infalsifiables. Malheureusement le directeur n'avait pas un seul faux billet à présenter à l'appui de ses accusations : la Banque Centrale de l'Empire les avait immédiatement retirés de la circulation.

A vrai dire, Yale n'avait aucune raison d'engager la plus importante agence de détectives de l'Empire Solaire dans le seul but de courir après des billets falsifiés qui devaient être aisément reconnaissables. De l'avis de McKay, cette affaire pouvait être réglée tout aussi rapidement par un inspecteur de la Société, en collaboration avec la police d'Oyun. Mais comme Yale payait bien — très bien même — il avait gardé pour lui ses commentaires.

En outre, on ne lui avait posé aucune question à ce sujet. Le contrat avait été signé par Jean-Pierre Marat, son associé. Or, celui-ci ne permettait à personne de se mêler des affaires de son agence, pas même à son meilleur ami.

McKay bâilla de tout son cœur et épia d'un air absent le ronronnement de la positronique de pilotage automatique, tout en songeant à cette ravissante blondinette qu'il avait rencontrée la semaine précédente à Terrania. La distance énorme qui le séparait d'elle assombrissait quelque peu la joie qu'il éprouvait à revoir Rigel. Il grogna un juron entre ses dents, puis se dressa de toute sa hauteur — cent quatre-vingt dix-sept centimètres — et se traîna jusqu'au distributeur automatique de boissons.

Pendant que le gobelet se remplissait d'un scotch ambré, Jean-Pierre Marat, installé aux commandes du petit chasseur cosmique, tourna la tête vers lui.

— Dis donc, McKay, tu ne pourrais pas essayer au moins une fois de te passer d'alcool ?

Roger McKay vida le gobelet d'une traite comme si c'était de l'eau pure. Il fit claquer sa langue avec volupté et se gratta les poils qui lui couvraient la poitrine d'un air recueilli.

— Tu devrais bien savoir que je n'ai jamais été ivre de ma vie, mon vieux ! gronda-t-il d'une voix chargée de reproche — puis il se versa un deuxième gobelet et le vida avec circonspection, en deux gorgées cette fois. — Ah ! Ça fait du bien !

Marat se secoua. Il se leva de son siège et arracha le gobelet des mains de son ami.

Le grand escogriffe de Canadien baissa la tête vers lui et le regarda de ses yeux verts réprobateurs, car malgé son mètre quatre-vingt-quatre, le patron de l'agence de détectives paraissait petit à côté du Franco-Terranien. Avec ses traits taillés à coups de serpe, son nez légèrement busqué, ses soucils broussailleux et son épaisse chevelure d'un noir de jais, Marat avait quelque chose de satanique, et cette impression était encore renforcée par ses yeux sombres et étincelants, son menton proéminent et sa démarche féline. Il portait un élégant complet en tissu synthétique, des mocassins en peau de buffle, une chemise fluorescente à rayures bleues et blanches et une cravate de soie peinte à la main.

Jean-Pierre Marat était le type même du parfait gentleman qui possédait assez d'argent pour pouvoir mener sa vie comme il l'entendait. D'autant plus qu'il n'avait même pas besoin de toucher à l'héritage paternel. En sa qualité de directeur de l'« Agence d'Investigations Interstellaires » (A.I.I.) — le cabinet de détectives le plus important et le plus réputé de l'Empire Solaire —, il gagnait suffisamment d'argent à lui tout seul pour n'avoir pas besoin de freiner ses dépenses. D'ailleurs il ne savait même pas ce que signifiait cette expression.

Roger McKay était la preuve vivante de l'adage selon lequel « les contraires s'attirent ». Il y avait contraste saisissant entre son allure et l'élégance féline de Marat. Non seulement le Canadien avait la taille d'un géant, mais il était aussi large et massif. D'une seule main, il pouvait couvrir l'écran de l'intercom qui mesurait trente centimètres de diamètre ; ses pieds et ses oreilles étaient également de dimensions respectables. Aussi Roger avait-il beaucoup de succès auprès du sexe féminin, peut-être parce que les femmes étaient hypnotisées par son physique. De l'avis de Marat, il devait plutôt ses succès à son aplomb et à son insouciance, ainsi qu'à son penchant marqué pour l'alcool.

Les deux hommes avaient fait connaissance quinze ans auparavant. A cette époque, une fois leurs études terminées, ils s'étaient engagés l'un et l'autre comme volontaires dans la surveillance spatiale. Marat avait atteint le grade de lieutenant, McKay celui de sous-lieutenant. Au bout de quatre ans, ils s'étaient portés volontaires pour la Défense Galactique. Une grave blessure avait obligé McKay à quitter le service à l'âge de trente-trois ans, avec le grade de capitaine de la Défense Galactique. Deux tirs de radiants lui avaient brûlé la clavicule droite, trois côtes et l'omoplate, ainsi que l'os malaire droit. Marat était arrivé à se maintenir une année encore dans la Défense. Puis, au cours d'une mission à la lisière de la petite Nébuleuse de Magellan, il avait perdu son avant-bras gauche et avait été grièvement blessé à la hanche droite. A l'époque, il portait déjà le grade de major.

Grâce à la microchirurgie et à la bioorthopédie terraniennes, les séquelles de ces blessures avaient été réduites au minimum, mais les deux agents n'avaient plus été acceptés dans le service actif. La pensée de passer le reste de leur vie dans des bureaux les faisait frémir d'horreur. McKay s'était alors engagé dans l'industrie cybernétique où il était resté un an. Quant à Marat, après avoir fondé l'« Agence d'Investigations Interstellaires », il avait proposé à son ami de le prendre comme partenaire.

En l'espace de cinq ans, la petite agence initiale, dont le personnel se limitait aux deux associés, était devenue une grosse entreprise de quatre cent soixante employés à part entière, répartis dans des agences distribuées sur plus de trois cents planètes.

La positronique de pilotage automatique se tut et rejeta une feuille de plastométal avec force grincements. McKay la saisit, jeta un coup d'œil sur les symboles qui y étaient portés et sourit de satisfaction.

— Nous sommes arrivés pile au point de sortie de l'espace linéaire. L'étoile Kepha se trouve encore à 30,5 mois-lumière de distance. La positronique de navigation a calculé exactement la prochaine manœuvre linéaire. Nous pouvons arriver d'ici un quart d'heure dans le Système.

Marat lui prit la feuille des mains et se plongea dans l'analyse des calculs. Roger McKay profita de l'occasion qui se présentait pour s'offrir un troisième gobelet de whisky, puis il alluma deux cigarettes et en glissa une entre les lèvres de son partenaire.

Marat le remercia d'un sourire et posa la feuille sur le côté du pupitre.

— L'affaire est claire, mon grand. Au fond, il n'y a rien de plus monotone que de voler en pilotage automatique, surtout lorsqu'on ne s'attend à aucun de ces petits incidents qui pimentent une patrouille spatiale.

Il reprit sa place devant le pupitre de commande et se mit en position de pilotage manuel. Dans les entrailles du petit chasseur cosmique en forme de soucoupe volante, les générateurs commencèrent à mugir. Des faisceaux d'ondes brûlantes s'échappèrent de la proue du vaisseau. Sur les cartes en projection quadridimensionnelle, des chiffres et des symboles défilèrent en tourbillons de plus en plus rapides. Seul l'océan d'étoiles demeura inchangé en apparence sur l'écran panoramique. Comparée aux distances cosmiques fabuleuses, une vitesse égale à la moitié de celle de la lumière était imperceptible. Il fallut attendre cinq bonnes minutes pour que Rigel sortît du réticule électronique de l'écran. Un autre soleil s'en approcha à une vitesse légèrement supérieure : Kepha, une supergéante du type A-2.

McKay se laissa tomber dans le fauteuil du navigateur et se plongea dans l'étude de la projection du manuel.

« Kepha possède dix-huit planètes. Les six planètes les plus proches du soleil sont trop inhospitalières et trop chaudes pour permettre une implantation humaine. La septième n'est plus qu'un anneau de décombres, après avoir été détruite par une catastrophe cosmique il y a une dizaine de millions d'années terrestres. Par contre, la huitième — Oyun — offre les conditions idéales pour une colonisation. Les premiers pionniers s'y sont posés deux cent trente ans auparavant ; leur effectif se montait à cent cinquante mille hommes et femmes. Aujourd'hui, en l'an 2404 du temps terrestre, la colonie compte 1,2 million d'individus. Oyun possède quatre villes importantes et quatre spatioports ; cent quarante compagnies commerciales en provenance de toute la galaxie connue y ont établi des succursales. A cela s'ajoutent des filiales bancaires, des grands hôtels et des chantiers de réparation. L'agriculture ne s'est développée sur cette planète que durant les vingt premières années de la colonisation. Par la suite, elle est devenue avant tout une plaque tournante du commerce intergalactique, et c'est à cette fonction qu'elle doit son importance. Environ quatre-vingts pour cent de sa population en vivent.

« A l'instar de bien d'autres planètes anciennement colonisées, Oyun a fini par vivre en autarcie au fil du temps. L'administrateur est élu tous les quatre ans au suffrage universel et est responsable de sa gestion devant le Congrès des Députés. Mais dans la pratique, les choses sont très différentes. Etant donné l'étroite interdépendance économique avec les autres planètes autarciques et la Terre, aucune d'elles ne peut se permettre de suivre son propre chemin sans se soucier des autres. S'en détacher totalement aurait pour conséquences le chaos économique et la rapide régression de l'évolution. Ce sont ces réalités qui garantissent la cohésion de l'humanité, plus encore que la personnalité du Stellarque Perry Rhodan. D'un autre côté, la puissance économique que représentent les planètes de l'Empire garantit la sauvegarde de leurs droits face aux mondes solaires d'origine.

Ainsi, de même que les administrateurs des gouvernements planétaires sont redevables devant leurs Parlements respectifs, de même ceux-ci exigent que le Stellarque leur rende des comptes. Si le développement social de l'humanité a pris cette direction, c'est surtout grâce à un homme qui a toujours agi dans l'ombre : le semi-mutant Homer G. Adams, président de la gigantesque Compagnie Générale Cosmique (C.G.C.) et le plus grand génie financier de l'Empire... »

McKay émit un grognement de mépris en lisant cette définition emphatique. Il n'aimait pas que l'on mette en vedette l'importance d'un homme tout seul — à moins qu'il ne s'agisse de sa propre personne.

Il éteignit l'écran, jeta sa cigarette dans le vide-ordures et se renversa sur son dossier en exhalant un long soupir.

Un coup de gong annonça l'entrée dans l'espace linéaire. Sur les écrans panoramiques, les constellations s'évanouirent pour faire place aux hachures flamboyantes caractéristiques. Une seule étoile d'un blanc jaunâtre occupait le réticule électronique de l'écran 3-D : Kepha !

Trois minutes plus tard, le chasseur cosmique *Cerberus* replongea sans bruit dans le continuum quadridimensionnel einsteinien. L'étoile Kepha, visible jusque-là sous la forme d'un petit point scintillant, s'était transformée en un disque de la grosseur d'une tête d'épingle. Sans la moindre hésitation, les propulseurs corpusculaires logés dans le bourrelet équatorial se remirent en activité et le navire fila dans l'espace à une vitesse proche de celle de la lumière.

Dans le principe de sa construction, le *Cerberus* était comparable à la *Gazelle* de la Flotte Solaire. Cependant il ne disposait pas de l'armement lourd de la version militaire, mais uniquement d'un canon à impulsion ; en revanche, il portait dans ses entrailles un réacteur supplémentaire et des blocs-propulsion plus puissants, de sorte que leur capacité d'accélération était supérieure de dix pour cent environ à celle des astronefs de la Flotte. Il faut noter toutefois que la version civile normale de ces chasseurs cosmiques n'était pas équipée de ces deux derniers perfectionnements. Jean-Pierre Marat avait investi quatre cent mille solars supplémentaires dans le prix d'achat. Il aimait les navires ultra-rapides.

Il se tourna vers son associé et lui lança un regard pénétrant dont McKay comprit immédiatement la signification. Dans les minutes suivantes, le *Cerberus* allait pénétrer dans la zone du système de Kepha. D'ici là, il fallait annoncer son arrivée, faute de quoi ils auraient maille à partir avec la patrouille de surveillance.

Le Canadien se leva de son siège et se traîna jusqu'à la console de l'hypercom. Ses doigts pianotèrent sur le clavier. L'écran de contrôle s'illumina. Des parasites sonores se firent entendre, rapidement neutralisés par filtrage automatique. Une brève impulsion jaillit de l'antenne. Elle contenait — selon les prescriptions spatiales — le type et l'identité du vaisseau, le nom du propriétaire, du spatioport d'origine et du spatioport de destination.

Au bout de quelques secondes seulement, le buste massif du capitaine de la patrouille de surveillance emplit l'écran. Son visage n'avait rien de très avenant.

— Ici le croiseur de patrouille *Leviathan*, Capitaine Jegorov. Vous m'entendez, *Cerberus* ?

— Parfaitement, répondit McKay.

— Tant mieux. Je vous signale que votre présence dans le système de Kepha est indésirable. Aussi les autorités administratives vous demandent-elles de le quitter sur-le-champ.

Il transmit son message avec un petit sourire sournois ; manifestement, il était ravi d'avoir à évincer l'intrus.

Tandis que McKay, effaré par cet accueil inattendu, reprenait ses esprits, Marat avait déjà bondi de son siège et s'installait devant l'hypercom.

— Ici Jean-Pierre Marat, de l'A.I.I. Selon le paragraphe 17 A de la loi sur la liberté de l'espace et de la circulation entre les empires, vous n'avez pas le droit de m'empêcher d'atterrir sur Oyun. A moins que l'état d'urgence n'ait été proclamé, mais je le saurais. J'exige le libre passage, capitaine. Vous savez ce qu'il vous en coûtera si je me plains de vous à Terrania !

D'après l'expression de son visage, il était évident que l'officier savait en effet ce qui l'attendrait. Il réfléchit une fraction de seconde, puis reprit sur un ton de résignation :

— Je ne peux pas vous en empêcher par la force, Mr Marat. Mais vous devez savoir que les difficultés commenceront pour vous dès votre atterrissage...

— Merci pour cet avertissement, capitaine. Terminé.

Marat se contenta de sourire, puis il éteignit l'hypercom et se tourna vers McKay qui était de nouveau occupé du côté du distributeur de boissons.

— Ça commence bien, dit-il plein de mauvais pressentiments.

*
* *

Tous propulseurs hurlants, le *Cerberus* se posa sur la piste réservée aux chasseurs. Les aires de décollage et d'atterrissage voisines, séparées les unes des autres par des clôtures électrifiées, étaient occupées à soixante pour cent de leur capacité.

Une gigantesque coupole lumineuse se dessinait sur l'horizon obscur au-dessus de Nelson-City, ainsi nommée d'après Guy Nelson, descendant éloigné d'un capitaine spationaute légendaire, personnage haut en couleurs qui avait créé la ville de toutes pièces, non seulement sur le papier mais aussi dans la réalité, et que les citoyens de la cité n'avaient jamais oublié.

Le regard de McKay embrassa l'aire d'atterrissage brillamment éclairée et se porta sur les contours non moins brillamment illuminés de Nelson-City. Il poussa un profond soupir.

— Ce n'est pas le moment de soupirer en pensant au whisky distribué dans les bars de la ville, McKay ! On a encore du travail ! Il faut passer la salle des machines au crible. Tu pourrais peut-être aussi te raser, tu ressembles à un babouin !

— Les babouins n'ont pas de barbe ! protesta Roger McKay.

Ce qui ne l'empêcha pas de se sauver en courant, non sans se cogner à la porte blindée, selon son habitude.

— Eh ! Fais gaffe au navire ! cria Marat dans son dos.

McKay lâcha un juron et se glissa dans l'ascenseur.

Marat éclata de rire. Il examina minutieusement le pupitre principal de commande, tout en se disant qu'il aurait bien aimé assister à un concert comme on en donnait au Music-Hall de Terrania. Malheureusement, à son grand regret, ses fonctions de détective spatial lui laissaient trop peu de temps pour s'adonner à sa passion pour la musique.

Le temps s'écoula sans qu'il s'en aperçoive. Soudain Roger McKay réapparut dans le central, fraîchement rasé et vêtu de son meilleur costume. Quelle heure pouvait-il être ? Minuit déjà à l'horloge de bord qu'il avait mise à l'heure locale dès leur arrivée au spatioport.

Marat fronça les sourcils. Il y avait longtemps que leur agent d'Oyun aurait dû venir les chercher.

— Dis-moi, Roger, est-ce que Gavrielov a accusé réception de notre message annonçant notre arrivée ?

— Pourquoi poses-tu cette question ?... Bien sûr qu'il a accusé réception. — Il jeta un coup d'œil sur son chronographe. — Pourquoi n'est-il pas encore ici ?

— C'est bien ce que je me demande, répondit Marat railleur.

— Voilà qui est inquiétant. Très inquiétant même,

grogna McKay de mauvaise humeur. Jusqu'à présent, on n'a jamais eu de problèmes avec lui, n'est-ce pas ? Eh, vieux, si nous allions faire un tour en ville ?

— Excellente idée. — Il vérifia que son radiant-aiguille se trouvait bien dans sa poche intérieure. — Allez, on y va ! Qu'est-ce que tu attends encore ?

Lorsque les deux détectives sortirent du sas, il commençait à pleuvoir. Ils coururent jusqu'à la plate-forme fluorescente du puits antigrav qui les emporta à vingt mètres plus bas. Là, ils se retrouvèrent sous la voûte d'une coupole de correspondance. La plate-forme remonta aussitôt à la surface en ronronnant. Une porte blindée s'ouvrit sur un ascenseur antigrav qu'ils empruntèrent sans hésiter. En moins de temps qu'il ne faut pour le dire, l'ascenseur les déposa à deux cents mètres de profondeur où ils découvrirent un véhicule en forme de torpille, à quatre places, dans lequel ils s'installèrent. Marat abaissa le levier de commande, et l'engin entièrement automatisé glissa à toute allure sur un coussin antigrav à l'intérieur d'une galerie souterraine aérée par des millions de minuscules soupapes de compression. Grâce à l'absorbeur de choc, ils ne furent que très légèrement secoués durant tout le trajet, malgré la vitesse démoniaque du véhicule.

Soudain, le silence revint ; ils étaient arrivés. Marat consulta sa montre : leur voyage n'avait duré que trois minutes pour une distance de trente kilomètres. Il se prit à sourire d'admiration devant cette technique ultra-perfectionnée. Mais bien vite son visage s'assombrit de nouveau. Pourquoi son agent n'était-il pas venu au rendez-vous ? La pensée de l'accueil peu empressé du capitaine n'était pas faite pour le rassurer.

Ils sortirent de leur torpille et se trouvèrent juste devant l'entrée d'un ascenseur qui devait les mener à la surface de la planète. L'ascenseur les déposa dans une sorte de niche semi-circulaire qui donnait sur une immense salle. Contre les murs, une série d'appareils automatiques étaient là pour combler les désirs des voyageurs, et alléger leur porte-monnaie.

Marat s'approcha d'un des appareils.

— Un visiophone, s'il vous plait, demanda-t-il.

Un disque ovale s'alluma dans un coin de l'écran. Une voix se fit entendre :

— Le numéro de votre interlocuteur ?

Il donna le numéro de l'agent Gavrielov.

Trois petites lumières, une rouge, une verte et une jaune, brillèrent, puis s'éteignirent, reprirent leur danse et finalement seule la rouge resta allumée.

— L'abonné que vous demandez ne répond pas, déclara la voix dans le haut-parleur. Est-ce que je puis encore vous être utile ?

— Je voudrais un glisseur-taxi, demanda Marat en s'éloignant de l'appareil.

Quelques secondes plus tard, un véhicule s'arrêta devant eux. Les portières s'ouvrirent automatiquement, puis se refermèrent derrière les deux détectives.

— Quelle est votre destination, monsieur ? demanda la voix métallique de la positronique.

McKay lui donna le nom et l'adresse de Piotr Gavrielov et le taxi démarra. Il passa à travers un sas à ouverture électronique et fila dans un dédale de bretelles qui se chevauchaient les unes les autres. Nelson-City ressemblait à toutes les grandes villes qu'ils connaissaient, avec ses larges avenues, ses bâtiments imposants, ses panneaux publicitaires lumineux. Mais il n'y avait pas de gratte-ciel monumentaux comme sur la Terre. La planète Oyun offrait suffisamment de place pour que chacun habite dans un bungalow d'un ou deux étages maximum, au milieu de jardins ou de parcs à la végétation luxuriante.

Au bout de quelques minutes, le taxi quitta l'avenue principale ; un lac scintillait sur la droite, quelques bateaux reconnaissables à leurs feux de position se trémoussaient avec élégance à la surface paisible de l'eau.

Puis, très vite, le lac échappa à leur champ visuel. Plusieurs bâtisses toutes blanches et de forme cubique apparurent sur la gauche, des bribes de musique étouffées par la distance parvinrent jusqu'à eux. Le taxi finit par stopper devant un bungalow à un étage. Marat glissa sa carte de crédit, valable sur toutes les planètes de l'Empire, dans la fente prévue à cet effet sur ce qui servait de tableau de bord. Les portes s'ouvrirent et les deux hommes se retrouvèrent dehors, sous les étoiles. Il ne pleuvait plus, ce qui fit sourire d'aise Roger McKay.

En revanche, Jean-Pierre Marat fronçait les sourcils d'un air soucieux. La maison de Gavrielov était éclairée. Pourquoi dans ces conditions personne n'avait répondu à leur appel visiophonique ?

Il se dirigea à grands pas vers la porte et posa la main sur le carré jaune luminescent de la plaque d'appel, mais cette fois encore, personne ne lui répondit.

McKay lui tapa sur l'épaule en désignant la porte de son index.

— Regarde, vieux, elle est ouverte ! dit-il dans un murmure.

Marat dut avaler sa salive. Puis il se décida à agir. Il poussa la porte et entra dans un grand hall illuminé où il s'arrêta, paralysé sur place.

Le mort étendu sur le tapis à côté d'une chaise renversée n'était autre que Piotr Gavrielov...

CHAPITRE II

Après avoir salué Perry Rhodan, le maréchal solaire Julian Tifflor, commandant en chef de la Flotte impériale détachée sur Androbéta, lui tendit la main. Il n'avait pas fini son geste qu'il se figea. Son visage se métamorphosa en un masque blême.

Quelques mots surgissaient du récepteur du télécom, à moitié couverts par le hurlement discordant des sirènes d'alarme.

« Alerte rouge sur toute la base de Gleam ! ».

Rhodan et Tifflor pivotèrent sur place presque en même temps. Puis le maréchal solaire se précipita sur la porte et mit en marche le mécanisme de fermeture. Aussitôt le hurlement des sirènes dans le couloir s'atténua jusqu'à n'être plus qu'un sifflement lointain.

Le Stellarque brancha le télécom sur « émetteur » et leva la main. L'écran révéla un homme qui stoppa net son discours et aspira une longue bouffée d'air.

— Répétez votre message, capitaine ! ordonna Rhodan d'une voix impassible.

Aussitôt, l'homme retrouva son sang-froid.

— Le secteur d'observation spatiale K-34 annonce l'apparition de l'île spatiale KA-Supertarif, commandant. Elle s'est rematérialisée il y a dix secondes à une demi-minute-lumière au-dessus du plan défini par les trois soleils des Triades. Le point de rematérialisation permet de conclure à un vol linéaire programmé précipitamment.

Perry Rhodan ne révéla pas à ses compagnons que ce message l'avait sorti de ses gonds. Il en confirma la bonne réception en remerciant d'un signe de tête. Puis il coupa la liaison et brancha le contact avec la centrale d'intervention des forces de sécurité. Dès qu'apparut sur l'écran le visage de l'officier de service, Rhodan fit un signe à Tifflor.

Le maréchal solaire avait surmonté depuis longtemps sa surprise. Il envoya ses ordres à la centrale d'intervention, avec précision et concision : une protection rapprochée pour l'île spatiale et l'ordre de décollage à trois cents supercroiseurs. Et il ordonna aussi à toutes les autres unités en stationnement sur Gleam de se tenir prêtes à appareiller à tout moment.

Quand il eut terminé, il se tourna de nouveau vers le Stellarque.

— Voilà, tout est réglé, commandant ! annonça-t-il dans un sourire. J'espère que Kalak a une bonne raison de venir ainsi nous surprendre à l'improviste. Cette alerte nous coûte la coquette somme de quelques centaines de millions de solars.

Rhodan se mordit les lèvres. Il savait qu'il ne pouvait pas traiter à la légère la dernière remarque de Tifflor, lui qui avait pratiquement disparu de la circulation pendant les sept derniers mois, laps de temps pendant lequel l'Empire avait continué à vivre et à se développer. Sur Andromède aussi, les choses avaient évolué. Après la destruction de Vario, les stations temporelles intermédiaires des Maîtres Insulaires avaient été définitivement coupées du temps réel, ce qui représentait sans doute pour eux le plus grand échec de toute leur histoire. Ils n'étaient plus en mesure de menacer de sitôt l'humanité. Perry Rhodan était certain que le Conseil des Administrateurs et ses commissions lui réclameraient des comptes sur les sommes fabuleuses engouffrées dans le maintien et l'expansion de sa base d'Andromède. Plus les frais étaient élevés, plus il aurait de mal à défendre sa politique.

— Je pense que Kalak nous donnera une raison valable, dit-il en pesant ses mots. Le Paddler n'est pas un poltron qui cède à des frayeurs dénuées de fondement. S'il a abandonné sa place à la lisière de la Nébuleuse, c'est qu'il a dû faire une découverte d'importance.

Le message suivant confirma les déductions de Rhodan. Il ne venait pas de Kalak personnellement, mais du chef des unités qui avaient été détachées pour la sécurité de l'île-spatiale. Son bref rapport annonçait que des concentrations gigantesques de vaisseaux téfrodiens avaient été repérées à proximité de l'endroit où se trouvait KA-Supertarif, autrement dit en bordure de la Nébuleuse d'Andromède. Il expliquait aussi que Kalak avait pris la décision d'abandonner définitivement l'ancienne position de son chantier et de se replier dans le système Triade d'Androbéta pour éviter de mettre sa plate-forme en danger. De nombreux navires terraniens stationnés sur l'île spatiale géante étaient arrivés avec elle sur Gleam.

Rhodan chargea le chef d'unité de prier le Paddler de venir le rejoindre à la base avec une chaloupe pour discuter avec lui.

Enfin Tifflor et le Stellarque purent se serrer la main, ce que l'alerte avait empêché jusqu'alors. Ils le firent avec une chaleur que l'on ne trouve que chez les très bons amis. Ce qui n'avait rien d'étonnant. Perry et Tifflor se connaissaient depuis plus de quatre cents ans, temps terrestre, à une époque où, sous la conduite de Perry Rhodan, l'humanité commençait seulement à apparaître sur la scène de la vie cosmique. Depuis lors, ils avaient coopéré à la construction de l'Empire Solaire — et tous deux portaient l'un de ces mystérieux activateurs cellulaires offerts par le non moins mystérieux Immortel de Délos, qui leur conférait une relative immortalité.

C'est pourquoi Rhodan n'eut aucun complexe à demander à son maréchal solaire ce qu'il pensait des mesures prises par Kalak.

Tifflor tira une longue bouffée de sa cigarette, prit avec reconnaissance le verre d'eau minérale que son chef était allé lui chercher au distributeur automatique, et s'assit.

— Je ne peux que me réjouir de cette évolution des choses, commandant. Non seulement KA-Supertarif est plus en sécurité dans la Triade que dans Andromède, mais elle est aussi plus utile ici. Nos nouveaux vaisseaux multitypes n'ont plus besoin de base dans la Nébuleuse même. Ils peuvent franchir une distance de cent mille années-lumière par leurs propres moyens, opérer dans la Nébuleuse et ensuite revenir ici.

Rhodan approuva d'un signe de tête. Il but à son tour une gorgée d'eau minérale. La remarque de Tifflor lui rappela une fois encore la plus grande opération de modernisation de l'armement jamais entreprise dans l'Empire Solaire et qui, depuis quelques mois, tournait à plein régime.

Son ami et représentant Reginald Bull ne s'était pas tourné les pouces pendant que lui-même, Rhodan, s'était évanoui dans le passé. Treize mille vaisseaux de combat au total avaient été concentrés dans la Nébuleuse d'Andromède selon ses directives, à la suite de quoi avait débuté le vaste programme de renouvellement. Les navires de combat et les unités de ravitaillement utilisés jusqu'alors avaient été progressivement retirés du circuit et remplacés par les fameux « multitypes » ultra-modernes. A la place des propulseurs provisoires annexes, de forme caudée, tous les multitypes étaient équipés de trois convertisseurs kalupéens de la nouvelle série de construction compacte, identique à ceux dont avaient aussi été équipés les supergéants de classe *Galaxie* tels que le *Krest III*. Cette opération était encore en cours, mais elle ne tarderait pas à être stoppée pour la flotte d'Androbéta.

Telle était la raison pour laquelle il n'y avait plus de nécessité militaire à maintenir une base dans la Nébuleuse.

— Je me rallie à votre avis, Tiff. — Perry Rhodan contempla d'un air pensif les écrans panoramiques en face de lui. — Pour être franc, j'aimerais bien aller encore plus loin. Est-il même nécessaire que nous maintenions en activité notre base d'Androbéta ? Je me le demande sérieusement. Supposons que nous arrivions, par une attaque surprise, à anéantir le transmetteur de l'Hexagone des Sextuplées d'Androcentre, est-ce que les Maîtres Insulaires posséderaient encore ne serait-ce qu'une seule possibilité de pénétrer directement dans notre Voie Lactée... ?

Julian Tifflor considéra un instant son chef sans rien dire, puis il secoua la tête avec circonspection.

— Je maintiendrais malgré tout la base, commandant. Nous ne pouvons pas nous permettre de cesser d'observer ce qu'il se passe à l'intérieur d'Andromède. Malgré la destruction des liaisons entre le passé et le présent, les Maîtres Insulaires continuent à disposer de réserves inépuisables de personnel. Il leur suffit de dupliquer les originaux lémuriens qu'ils ont sous la main. Il faut que nous comptions avec cette armée, la plus gigantesque de tous les temps. Je ne suis pas non plus convaincu que la destruction du transmetteur central d'Andromède résoudrait le problème. Premièrement, les Maîtres Insulaires trouveront d'autres moyens d'atteindre notre galaxie ; et deuxièmement, j'ai grand espoir que nous pourrons utiliser un jour ce moyen de transport au profit de notre Empire... Mais tout ce que je vous raconte là n'est pas nouveau pour vous, commandant. Je voudrais seulement vous proposer encore de confier au cerveau biopositronique Nathan toutes ces données que nous avons rassemblées et de lui demander une analyse de la situation militaire.

Perry Rhodan se leva brusquement et se mit à faire les cent pas dans son bureau. Perdu dans ses pensées, il s'arrêta devant le grand écran d'observation extérieure et contempla toute l'étendue de la vallée, couverte de plusieurs centaines de vaisseaux, grands et moyens. Les micros extérieurs captaient et diffusaient le grondement des propulseurs à impulsion au point mort ; de gigantesques glisseurs de transport circulaient en tous sens ; des champs antigrav brasillants acheminaient et déchargeaient des quantités immenses de matériel ; et au loin, sur le flanc abrupt des falaises, montait le bouillonnement gris-verdâtre de nappes de roches désintégrées et vaporisées. La construction des installations souterraines de la base progressait inlassablement.

— Merci beaucoup, Tiff, dit Rhodan. Si vous saviez le soulagement que peut éprouver un homme comme moi, chargé d'une telle responsabilité, à trouver la confirmation de son propre point de vue chez un ami dont il sait qu'il obtiendra toujours des réponses sincères et désintéressées !

Il fit demi-tour et sourit.

— J'ai fait parvenir toutes les données à Nathan il y a seize heures exactement, ainsi que la demande d'analyse...

Puis sa physionomie s'assombrit lorsqu'il reprit :

— Mais quel que soit le résultat de cette analyse, il ne sera pas le seul élément déterminant dans les mesures que nous allons prendre maintenant. Vous et moi, il y a une éternité que nous ne sommes pas retournés dans notre galaxie et sur la Terre. Or, des flots de matériel d'appui n'ont cessé d'être expédiés vers ce secteur lointain où nous nous trouvons, Tiff. Dans la mesure où ils s'intéressent au budget de la Flotte, les Terraniens n'apprécieront sans doute pas de nous voir dépenser des milliards et des milliards de recettes fiscales et autres pour un projet qui se trouve hors de portée de leur imagination. Et comme je ne suis pas un dictateur, je vais avoir du mal à imposer ma politique aussi dans l'avenir.

L'effroi se peignit sur la physionomie de Tifflor.

— Pourtant, commandant, les moyens financiers sont en majeure partie fournis par la C.G.C., une institution de chez vous !

Rhodan se mit à rire d'un air désabusé.

— C'est malgré tout l'argent de tous les gens, car ce sont eux qui créent par leur travail la contrevaleur correspondante, Tiff !

Le maréchal solaire haussa les épaules.

— Eh bien au moins, il n'y a pas de danger d'inflation. Notre économie renforce leur productivité d'année en année. Le Trésor public n'a pas à se plaindre de manquer d'argent.

— Non, pour sûr, approuva Rhodan.

Ni l'un ni l'autre ne savait que c'était justement cette réalité-là qui allait devenir fatale à l'humanité...

*
* *

Le Paddler Kalak arriva une heure plus tard. Entretemps, Perry Rhodan avait fait venir aussi le Grand Amiral Atlan et le maréchal solaire Julian Tifflor dans son bureau. Les retrouvailles entre les hommes et l'Ingénieur Cosmique, noir de peau et impressionnant de carrure, furent des plus cordiales. Kalak était tombé sous le charme de la personnalité marquante du Stellarque, comme presque toutes les personnes qui le rencontraient.

Le nouveau venu prit place dans le fauteuil que lui indiquait le maître des lieux. D'un geste nerveux, il se caressa la barbe qu'il avait couleur de feu et nouée sur la nuque. Il accepta avec reconnaissance la tasse de café que lui tendit un robot-serveur. Puis il commença son rapport.

Son récit correspondait tout à fait à celui du commandant de l'unité d'escorte. Kalak avait dû s'enfuir avec sa plate-forme-chantier dès l'apparition de l'armada de Téfrodiens à proximité de sa position. Pour terminer, il présenta ses excuses pour n'avoir pas annoncé sa retraite au préalable. Rhodan le rassura.

— Vous n'avez pas besoin de vous excuser, Kalak ! Vous avez très bien agi. Ne vous formalisez pas, je vous en prie, de l'absence d'une mesure de ce genre dans le programme prévisionnel que nous avons établi ensemble. On ne peut pas tout prévoir ! C'est à moi maintenant d'adapter mes prochaines mesures à la nouvelle situation. Je ne suis pas de ces gens bornés qui collent bêtement à la lettre et ont ensuite la prétention de distribuer des absolutions pour les pannes imprévues qui surviennent.

Il toussota. Ce petit coup de bec avait immédiatement été compris par Tifflor et Atlan. Il visait le chef du mess des officiers qui, la veille au soir, avait agi exactement dans ce sens et s'était rendu parfaitement ridicule.

Atlan et Tifflor ne purent se retenir de rire.

Kalak les regarda d'un air surpris, mais avant que Rhodan ait pu lui conter l'anecdote du mess pour le rassurer, le chef mathématicien du *Krest III* entra dans la pièce en agitant une liasse de feuilles de plastopapier couvertes de symboles.

— La réponse de Nathan, commandant ! Elle vient d'arriver par l'intermédiaire d'une chaîne de relais.

Une certaine tension se peignit sur la physionomie de Rhodan.

— Donnez-moi cela, docteur Hong, et prenez place, je vous prie !

Après s'être plongé dans l'examen des symboles codés, il sifflota entre ses dents, puis releva la tête.

— Nathan approuve les mesures que nous avons prises jusqu'ici, messieurs. Certes, ceci n'est qu'une analyse provisoire des faits, mais de toute évidence, elle permet de déduire que, sur le plan militaire, nous devons absolument maintenir notre position dans la Nébuleuse Androbéta jusqu'à ce que nous soyons certains que les Téfrodiens, autrement dit les Maîtres Insulaires, n'ont plus aucune possibilité d'accomplir un saut direct vers la Voie Lactée par l'intermédiaire du transmetteur de l'Hexagone d'Androcentre.

De l'avis de Nathan, nous connaissons mal toutes les propriétés de notre propre Hexagone des Sextuplées. Il pense que son blocage épisodique pourrait éventuellement être levé par des moyens que nous ignorons, et qu'il ne faut pas négliger cette éventualité.

— C'est exactement ce contre quoi j'essaie de vous mettre en garde depuis le début ! déclara Atlan. Vous autres, Terraniens, vous n'avez pas la moindre idée des facultés et des moyens techniques dont disposent les Maîtres Insulaires.

Le Stellarque grimaça un sourire ironique.

— Il est certain en tout cas que nous ne tombons pas inutilement dans l'exagération. Les Maîtres Insulaires eux-mêmes ne font pas mieux, nous en avons eu la preuve entre-temps. Au surplus, il ne s'agit chez eux que de quelques génies mégalomanes, comme nous l'a montré l'interrogatoire de Nevis-Lathan. A moins que tu ne sois d'un autre avis, Atlan ?

L'Arkonide serra les lèvres et lança à son ami un regard indéfinissable.

— Je comprends ce que tu veux dire. Tu fais allusion à l'activateur cellulaire trouvé sur Nevis-Lathan, n'est-ce pas ?

— Pourquoi me poses-tu la question, puisque tu sais déjà la réponse ? riposta Atlan à mi-voix. D'ailleurs, je te connais assez pour savoir que cela ne t'a pas échappé, à toi non plus. L'activateur est exactement le même que le mien et le tien. Ce ne peut pas être un hasard, n'est-ce pas ?

— Non, il était légèrement différent, répliqua Rhodan d'une voix irritée, ce qui lui arrivait très rarement. L'activateur de Nevis-Lathan s'est dissous en énergie dès qu'il est mort. Tandis que les nôtres demeurent intacts, rappelle-toi la mort d'Anne Sloane...

Il ne put en dire davantage car ses yeux s'emplirent de larmes au souvenir de la douce petite mutante qui donnait toujours l'impression d'être perdue dans un rêve. Il y avait longtemps qu'elle était morte, assassinée par un criminel qui voulait s'emparer de son activateur cellulaire. Perry Rhodan revoyait son visage avec une netteté parfaite, comme si ce drame datait de la veille seulement. Il ravala une sorte de sanglot à peine perceptible venu du plus profond de son cœur, puis il changea de sujet.

— L'analyse de Nathan va plus loin encore. Il prétend que selon toute probabilité, les Maahks étaient au courant de notre présence dans la Nébuleuse d'Androbéta. Mais, comme ils sont originaires de la Grande Nébuleuse d'Andromède, ils n'ont jamais considéré Androbéta comme leur patrie...

Le Dr Hong Kao leva la main en signe de protestation.

— Cette hypothèse ne me convainc pas, commandant.

— Il ne s'agit pas d'une hypothèse ! s'écria Atlan.

Hong exhiba son sourire impénétrable d'Asiatique. Il regarda l'Arkonide droit dans les yeux et reprit :

— Pensez donc à la planète méthanienne sur laquelle nous avons trouvé le Paddler Malok et les gens du « commando spécial de Lémur », amiral. Les indigènes en étaient bien des Maahks, mais des Maahks tellement primitifs qu'ils ne pouvaient guère descendre des occupants d'un vaisseau spatial originaire d'Andromède. Sans compter que la grande migration des Maahks d'Andromède n'avait pas encore commencé à l'époque.

Perry Rhodan secoua la tête.

— Ceci ne veut rien dire, docteur. Il pourrait tout aussi bien s'agir de descendants dégénérés de l'équipage d'un vaisseau échoué. Peut-être s'agissait-il d'un navire scientifique dont les propulseurs n'étaient pas encore capables de garantir un retour sur Andromède ? Mais même dans le cas contraire, même si les premiers Maahks ont émigré de la Voie Lactée pour s'établir dans Andromède, cela n'a aucune importance pour notre stratégie. La seule chose qui compte pour nous, c'est que les Maahks d'aujourd'hui se disent être issus de la Nébuleuse d'Andromède.

Il lut le doute sur le visage de Hong et chercha à le consoler.

— Vous devriez vous réjouir de ce que les Maahks n'ont aucune idée de votre hypothèse, mon cher docteur. Sinon, il leur viendrait à l'esprit de déferler sur notre galaxie au lieu d'en faire voir de toutes les couleurs aux Maîtres Insulaires.

Atlan éclata de rire.

Perry Rhodan poursuivit son rapport d'analyse.

— Nathan suppose également que les Maahks ont oublié et enterré leur vieille querelle avec les Arkonides. Aussi ne chercheront-ils jamais de leur propre chef à découvrir notre base d'Androbéta ou à attaquer notre Voie Lactée. Le cerveau recommande cependant d'éviter toute rencontre avec cette race et tout nouvel incident. Nous autres, Terraniens, nous ne pouvons nous permettre de lutter en même temps contre les Téfrodiens et les Maîtres Insulaires et contre les Maahks doués d'une intelligence supérieure.

— Autrement dit, continuons à jouer le simple rôle d'observateurs relégués dans les coulisses, conclut Julian Tifflor dépité.

— C'est exactement ce que je pense, remarqua Atlan. Seulement nous ne devrions pas oublier que les hommes politiques et les grands capitaines d'industrie de l'Empire auront du mal à comprendre pourquoi ce rôle effacé nous coûte quatre mille milliards de solars par jour. Malgré le transmetteur du Système Perdu, nous pouvons difficilement réduire nos frais.

Rhodan haussa les épaules.

— Je partage tes craintes, mon ami. Et pourtant ce ne sont pas seulement les hommes politiques et les capitaines d'industrie qui sont les pires ennemis de ma stratégie. Les administrateurs des mondes colonisés me comprendront encore bien moins ! Leur horizon ne dépasse guère les limites de leur propre système solaire.

— Ne craignez rien, commandant ! intervint Tifflor. Ces hommes sont des gens intègres. Ils auront plus de compréhension pour vous que les patrons de l'économie.

— Tant que tout va bien, sans doute, précisa Hong Kao, tel un oracle.

Rhodan se rappela cette remarque une demi-heure plus tard lorsque s'annonça un croiseur rapide de la flotte plophosienne en provenance d'une zone excentrée du Système Triade.

Les sombres pressentiments qui l'assaillirent en apprenant de la bouche de Mory, son épouse, la présence à bord du deuxième passager assombrirent la joie des retrouvailles.

Ce deuxième passager n'était autre que Homer G. Adams, le ministre de l'Economie et des Finances de l'Empire Solaire et en même temps le chef du trust le plus gigantesque qui ait jamais existé dans la Galaxie, la Compagnie Générale Cosmique, ou C.G.C.

Le Stellarque connaissait suffisamment Adams pour savoir que le semi-mutant n'aurait jamais quitté la Terre à moins d'y être forcé par une nécessité impérieuse.

Et, qui plus est, pour débarquer dans la Nébuleuse d'Androbéta... !

CHAPITRE III

Jean-Pierre Marat constata avec une certaine amertume qu'on les aurait vraisemblablement arrêtés, lui et McKay, si son agence de détectives n'avait pas pignon sur rue.

Gavrielov avait été tué avec un radiant-aiguille quelques minutes seulement avant leur arrivée. Marat avait tout de même réussi à faire comprendre au chef de la police judiciaire que leur arrestation le couvrirait de ridicule. Du reste, le policier ne croyait pas sérieusement que Marat et McKay aient tué leur propre agent. Mais il leur demanda de ne pas quitter la planète Oyun, du moins jusqu'à nouvel ordre. Marat accepta de bon gré. Il n'avait pas l'intention de retourner à Terrania avant d'avoir élucidé le mystère de la mort de Gavrielov.

Et, d'une façon ou d'une autre, il avait le pressentiment que cet assassinat n'était pas sans rapport avec sa propre mission...

Le taxi déposa Marat et McKay sur l'une des innombrables places de Nelson-City. Au centre se dressaient trois grandes vasques de granit éclairées par des projecteurs multicolores, d'où jaillissaient des jets d'eau aux reflets scintillants et dans lesquelles fleurissaient des plantes exotiques. Un couple d'amoureux tendrement enlacés flânait sur la place et finit par disparaître sous le portail d'entrée d'un hôtel. Parmi les taxis qui empruntaient le sens giratoire, quelques-uns seulement étaient occupés. L'activité nocturne semblait très réduite dans ce quartier de la ville.

Sur la gauche, les panneaux publicitaires lumineux d'un seul et unique bar appelaient les clients. L'établissement faisait partie du « Galactic Beacon », un hôtel dépendant de la chaîne Hilton, dans lequel ils avaient retenu une chambre.

Marat observa le sourire qui illumina la physionomie de son second à la vue du bar. Il savait que rien ne pourrait l'empêcher d'aller se désaltérer copieusement avant d'aller se coucher.

Ils déposèrent leurs sacs de voyage à la réception en demandant au préposé de bien vouloir les faire monter dans leur chambre. Puis ils se rendirent au bar.

McKay le play boy n'avait d'yeux que pour la jolie serveuse affairée derrière le comptoir. Son cœur battait de joie anticipée. La jeune fille paraissait fascinée par le nouveau venu. Il faut reconnaître que partout où il passait, McKay faisait sensation. La gent féminine en particulier commençait à frétiller dès son arrivée. Et le Canadien en était pleinement conscient.

— Hello, Baby ! fit-il avec un large sourire.

La jolie blonde cendrée derrière son comptoir ne put s'empêcher de glousser.

— Mince alors ! lança-t-elle d'une voix éraillée. Dis donc, tu m'as tout l'air d'un homme qui en vaut deux, toi !

Les clients éclatèrent de rire.

McKay se pencha vers elle sans la quitter des yeux.

— Trois scotch avec glaçons, s'il te plaît, mon cœur. Tu peux m'appeler Roger, si ça te chante.

Elle rougit légèrement et de la main repoussa le visage du client un peu trop empressé à son goût malgré tout.

— Merci, Roger. Moi, je m'appelle Heyde ! — Elle jeta un coup d'œil vers Marat. — C'est ton ami, n'est-ce pas ? Mais où est le troisième ?

McKay se mit à rire.

— Tu fais erreur, Heyde. Il y en a deux pour moi. Jean-Pierre ne boit pas aussi vite que moi. Mais je t'en prie, dépêche-toi, je meurs de soif. Ce serait dommage, non ?

— Peut-être.

Elle sourit et emplit les verres.

McKay vida le premier d'une seule traite.

*
* *

— Ça fait du bien. Décidément cette planète me plaît. Quand finis-tu ton service, Heyde ?

Marat regarda ostensiblement son chronographe.

— Encore un verre et je vais me coucher, moi.

Les chuchotements échangés entre Heyde et McKay ne l'intéressaient guère. Après tout, Roger était adulte et pouvait agir comme bon lui semblait. Après avoir bu son deuxième whisky, Marat attira l'attention de son collègue.

— N'oublie pas que nous devons être dans les locaux de Yale à neuf heures demain matin, vieux. Moi, je monte. Et je te conseille d'en faire autant.

Il sauta à bas de son tabouret et traversa le bar d'un pas élastique. Le réceptionniste lui donna la clef de sa chambre et l'accompagna jusqu'à l'ascenseur.

Lorsque Marat se retrouva seul dans le puits antigrav, toute sa tonicité l'abandonna comme un masque. Il se laissa emporter vers les étages, abruti de fatigue. Au quatre-vingt-dix-huitième niveau, il sortit, fit un pas vers la bande transporteuse et faillit rater la porte 8907. Au dernier moment, il eut le réflexe de sauter du tapis roulant.

Il appuya la clef électronique sur la plaque brillante de la serrure. La porte glissa sur le côté sans bruit.

Une fois franchi le seuil, il eut encore le temps de s'étonner que la lumière ne s'allume pas automatiquement.

Mais il était déjà trop tard.

Son crâne explosa. Un brouillard épais noya son esprit.

*
* *

La lenteur avec laquelle Marat passa de l'inconscience à l'éveil lui révéla aussitôt qu'il était victime d'un paralysateur.

Peu à peu, il reprit ses esprits et examina son environnement. Couché par terre dans une pièce minuscule, il se rendit compte qu'il ne pouvait s'agir que d'un débarras. Un faisceau de lumière indirecte éclairait deux murs nus, une porte et une étagère qui montait jusqu'au plafond. Il régnait dans ce réduit un air fade et confiné, qui le confirma dans ses conjectures : il était rare que les débarras possèdent une installation de climatisation.

Le détective finit par constater avec stupeur qu'on ne l'avait ni enchaîné ni même ligoté, ce qui lui donna à réfléchir. Non pas qu'il puisse se mouvoir à son gré — s'il avait repris ses esprits, ses muscles n'étaient pas encore libérés de l'engourdissement du paralysateur. Pourtant, dans les mondes colonisés de l'Empire, on ne devait pas ignorer les subterfuges dont étaient coutumiers les détectives privés. Les milieux compétents au moins devaient être parfaitement au courant de l'utilité d'un mentocontact.

Marat n'avait aucune envie de laisser échapper cet avantage inespéré sans en tirer profit. Il se concentra de toutes ses forces sur le mentocontact qu'il portait sous la boîte crânienne. Un simple ordre mental, sous la forme d'un mot de passe, déclenchait une réaction psychique en chaîne : une minuscule batterie implantée à l'extrémité de son bras biosynthétique fournit du courant qui produisit un contact et libéra une charge propulsive, laquelle à son tour déclencha une injection minutieusement dosée dans le circuit sanguin de son moignon.

Une demi-minute plus tard, Marat pouvait de nouveau remuer les doigts et les orteils. Deux minutes s'écoulèrent encore et il se leva sans bruit et fouilla les poches de son costume.

Il constata alors que ses agresseurs n'étaient pas aussi naïfs qu'il y paraissait. Ils l'avaient délesté non seulement de son radiant-aiguille, ce qui était normal, mais aussi de tous les appareils composant son arsenal professionnel, soigneusement cachés dans des endroits secrets. Preuve qu'ils avaient une grande expérience en la matière. Il était tout simplement paradoxal que des gens forts d'une telle expérience n'aient jamais entendu parler d'un mentocontact.

Pendant quelques secondes, il se demanda si les autres n'avaient pas commis délibérément cette faute. Pourtant, se demanda-t-il aussitôt, dans quel but l'aurait-on encouragé à s'évader juste après l'avoir capturé ?

Il examina attentivement le contenu des étagères mais n'y trouva rien qui pût lui servir dans la situation où il se trouvait. Puis il se tourna vers la porte. Comme il s'en doutait, elle était uniquement fermée par une serrure thermique.

Le détective se plongea dans la réflexion.

Que devait-il faire, s'enfuir ou attendre ? Une évasion immédiate aurait l'avantage de le mettre au moins en sécurité. D'un autre côté, il aurait aimé connaître l'identité et le mobile de ses agresseurs. Au cas où il s'évaderait — et il savait parfaitement que son évasion ne pourrait pas passer totalement inaperçue —, le nid serait vide lorsqu'il reviendrait avec du renfort.

Marat haussa les épaules et s'assit par terre. Une fois tombée la première excitation, une lassitude incontrôlable lui pesa dans les membres. Il aurait donné cher pour se coucher et dormir. Mais il craignait de ne pas entendre la porte s'ouvrir et de perdre ainsi l'avantage de l'effet de surprise. Aussi réunit-il toutes ses forces pour lutter contre cette chape de plomb.

Au bout de dix minutes — ce pouvait être aussi bien un quart d'heure, il n'avait pas de point de repère car on l'avait également délesté de son chronographe —, le sol vibra et un profond vrombissement enveloppa le prisonnier. Il tendit l'oreille. Le bruit s'enfla tellement en l'espace de quelques secondes que ses tympans lui firent mal ; puis il retomba progressivement.

Ce vrombissement lui donna à penser. La puissance sonore permettait de conclure à des appareils extrêmement forts, dont on ne se servait ni dans les maisons particulières ni dans les immeubles commerciaux, puisque chaque bâtiment recevait son énergie par des conduits laser souterrains ou des batteries à grande puissance qui pouvaient fonctionner pendant toute une année.

On l'avait donc enfermé soit dans un bâtiment industriel soit dans un vaisseau spatial. Cette dernière hypothèse était peu probable : on trouvait rarement des astronefs équipés de débarras.

Soudain un léger bourdonnement le fit tressaillir : quelqu'un essayait d'ouvrir la porte. Aussitôt, il s'étendit de tout son long et retint son souffle.

La porte glissa sur le côté. Un homme mince et de haute taille apparut sur le seuil. Sa silhouette se découpait en lignes très nettes sur le fond d'un couloir brillamment éclairé.

Le nouveau venu était certainement un homme, et très vraisemblablement un Terranien, car sa peau basanée et ses cheveux noirs légèrement crépus et coupés court trahissaient une ascendance de couleur. Il était vêtu d'une combinaison gris-argent et portait aux pieds des bottes vernies rouges, très à la mode à cette époque-là dans ce secteur de l'Empire. Un large ceinturon, des gants transparents et une chaîne en or avec un médaillon complétaient sa tenue. Le nouveau venu avait une physionomie sympathique, ce qui irrita Marat. Il ne ressemblait pas à un criminel, mais plutôt à un homme qui avait les moyens de parcourir la galaxie pour son propre plaisir.

Il se mit à rire et, d'un seul coup, toute la sympathie qu'il pouvait inspirer au premier abord s'évanouit.

— Alors, on est réveillé à ce que je vois !

Il fit quelques pas en direction du prisonnier et s'arrêta lorsque son pied droit heurta les côtes de Marat.

Le détective bougea les yeux. Il eût été absurde de continuer à jouer l'inconscience. Mais il s'abstint de répondre car, normalement, ses muscles devaient encore être paralysés.

L'autre éclata de rire, d'un rire triomphant, particulièrement désagréable.

— Pour un peu, tu nous avais repérés, Marat. Apparemment, tu ne comprends pas ce que je veux dire, hein ? Un peu de patience, mon vieux, et tu sauras bientôt tout. Mais ça ne servira plus à personne.

Il leva le pied et frappa Marat au thorax.

Aussitôt, les mains du détective enserrèrent la cheville de l'adversaire. Un mouvement brusque, et l'homme s'envola par-dessus le prisonnier. Il heurta brutalement le mur opposé et s'écroula sur le sol.

Le détective bondit sur ses pieds et voulut s'agenouiller auprès de sa victime. Une passe brutale de karaté sur le cou faillit l'assommer, mais il eut la présence d'esprit de se reculer à temps. En tombant en arrière, il remonta un de ses genoux jusqu'au menton et, lorsque son adversaire se précipita sur lui, il le frappa d'une détente violente.

Cette fois l'étranger tomba par terre, inerte.

Marat lui arracha aussitôt le paralysateur Laraleigh de son étui. Ces armes n'étaient fabriquées que dans une seule usine établie sur Mars. Elles étaient ce qu'il y avait de mieux dans la Galaxie en termes d'efficacité. Aussi chacun de ces paralysateurs coûtait-il la coquette somme de trois mille cinq cents solars.

D'un air pensif, il cacha le paralysateur dans la poche revolver de son pantalon. Puis ses doigts explorèrent les vêtements de son agresseur toujours inerte, dans l'espoir de trouver un indice lui donnant une explication sur toute cette mystérieuse affaire.

Mais, avant d'avoir terminé ses recherches, il perçut de nouveau le ronronnement de la serrure.

Il se redressa et saisit aussitôt l'arme qu'il venait de s'approprier.

Un homme apparut de nouveau sur le seuil, un homme qui fut obligé de se baisser pour entrer.

D'un geste lent, Marat laissa retomber son bras armé.
— McKay... ?
Le géant canadien se mit à ricaner.
— Nous voulions être chez Yale à neuf heures, mon cher collègue. Tu t'en souviens ? C'est toi qui as eu l'obligeance de me le rappeler avant que nous ne nous quittions cette nuit. Il est déjà huit heures et demie...

Marat ne put retenir quelques termes malsonnants, ce qui ne parut pas impressionner son ami.
— Tiens, prends ça avec toi ! dit-il en montrant l'étranger effondré sur le sol.

Mais McKay secoua la tête.
— Impossible, mon vieux. On m'a vu. Je m'étonne d'ailleurs que personne ne m'ait encore suivi.

Jean-Pierre Marat sursauta. Puis il réagit rapidement. Ignorant sa victime, il fila à toute allure vers la porte en murmurant à l'adresse de son second :
— Allez, on se sauve. Et en vitesse !

McKay lut la panique dans les yeux de son chef. Ils

escaladèrent en hâte une rampe à forte inclinaison, traversèrent un vestibule, puis une grande salle et partirent au pas de course sur un chemin dallé.

A peine l'avaient-ils atteint que, derrière eux, le sol explosa. Une poussée infernale s'empara des deux hommes et les catapulta au loin.

Marat finit son vol plané dans une haie touffue. Son compagnon traversa le buisson avec la violence d'une grenade. Le ciel se colora de feu et un fracas dantesque ébranla l'atmosphère.

Tout cela se joua en l'espace de quelques secondes. En tournant la tête, Marat vit s'effondrer l'immeuble qu'ils venaient de quitter. Une pluie de décombres, des morceaux de plastique et des fragments de métal rougis à blanc s'abattirent autour d'eux.

L'apocalypse fut suivie d'un silence fantomatique sur le site ravagé.

Marat finit par réussir à se libérer des tentacules de la haie. Il contempla d'un air pensif le trou gigantesque pratiqué par le vol plané de son second. McKay vint le rejoindre, le front marqué d'une balafre sanguinolente, mais apparemment sans gravité. L'un et l'autre, ils s'en tiraient à bon compte.

Le Canadien contempla les décombres et le cratère transformé en brasier incandescent. Il hocha la tête.

— Comment peut-on choisir un tel endroit pour passer une nuit paisible ? demanda-t-il d'une voix lourde de reproches.

*
* *

Marat regarda son partenaire sans comprendre ce commentaire pour le moins incongru.

— Tu ne te souviens plus ? reprit McKay en éclatant

de rire. Hier soir tu as pris congé de moi en disant que tu allais dormir.

Marat fit une grimace. Puis il raconta à son ami tout ce qu'il s'était passé depuis leur séparation dans le bar de l'hôtel.

Trois points lumineux descendaient du ciel, ce qui n'empêcha pas Marat de poursuivre son récit.

— Comment as-tu découvert l'endroit où je me cachais ? Nous nous trouvons ici loin de toute civilisation, je pense, sinon la police n'aurait pas mis autant de temps à faire son apparition.

— Voilà ce que c'est que d'avoir toujours des préjugés à mon égard et de me prendre pour un garçon aux mœurs légères...

— Allez, tais-toi ! l'interrompit Marat en riant. Donc, hier soir, tu es sorti avec Heyde ?

McKay approuva d'un signe de tête, et un large sourire illumina son visage.

— A sept heures, j'ai appelé un taxi pour qu'il me conduise à l'hôtel. Mais à peine avais-je quitté la maison de Heyde que trois types me sont tombés dessus. Heureusement pour moi, ils n'ont pas utilisé leur paralysateur. Après m'avoir tabassé, ils m'ont jeté dans un glisseur aérien garé à proximité et m'ont conduit directement ici.

Il fit une pause et exhiba une grimace furieuse.

— Tu connais ma tête de bûche, n'est-ce pas ? Il m'en fallait plus pour me mettre K.O. J'ai fait semblant d'être dans les pommes en attendant la bonne occasion de réagir. Les autres ne se sont pas méfiés. L'un d'eux a prononcé ton nom et déclaré qu'on allait me conduire au même endroit que toi. J'ai continué à attendre jusqu'à ce que le glisseur stoppe devant l'immeuble. Puis je suis tombé sur les trois gars à bras raccourcis, et je n'ai eu aucun mal à en venir à bout. Ils étaient tellement sidérés qu'ils ne m'ont opposé aucune résistance. Pour être franc, après cela, j'ai commis une faute. Il y avait deux sentinelles à la porte, mais je ne m'en suis pas occupé. J'ai foncé dans la maison comme une brute, en me disant qu'ils me suivraient et que j'arriverais bien à les neutraliser eux aussi sans difficultés.

Mais ils ne m'ont pas suivi...

McKay se tut et regarda son chef d'un air embarrassé.

— ... Ça t'étonne ? compléta Marat non sans ironie. Quand ils t'ont vu, ils se sont dits qu'ils auraient du mal à te coincer et qu'ils risquaient de voir leur secret éventé. Ils avaient sans doute reçu l'ordre de faire sauter tout l'immeuble dans un cas comme celui-là.

— Tout est de ma faute..., conclut McKay d'un air penaud.

— Allons donc ! grogna Marat. Je suis seulement furieux de n'avoir pas sauvé l'homme qui gisait par terre dans ma cellule.

— Si nous avions essayé de l'emporter, nous y serions restés tous les deux, nous aussi.

Jean-Pierre Marat s'abstint de répondre. Il se sentait responsable de la mort de cet homme, mais après tout, c'était lui l'agresseur. Il regrettait surtout de n'avoir pas eu le temps de le faire parler. A présent, ils se retrouvaient de nouveau dans une impasse.

Les trois glisseurs de la police se posèrent à proximité. Les propulseurs antigravs se turent, les portes s'ouvrirent. Une bonne douzaine d'agents se déployèrent autour des deux détectives, tandis que de puissants projecteurs les éblouissaient.

— Police ! Ne bougez pas ! clama une voix dans un mégaphone. Vous n'avez aucune chance de vous en tirer !

McKay se tourna vers l'officier qui se détachait du peloton pour venir à leur rencontre.

— Si nous avions voulu nous sauver, nous en aurions eu largement le temps, vous ne croyez pas ?

L'officier s'arrêta à deux mètres de distance. Marat reconnut des galons de capitaine. L'expression de méfiance peinte sur le visage de l'homme ne lui échappa pas.

— Nous sommes McKay et Marat, déclara-t-il d'une voix impassible. De l'agence de détectives A.I.I., si cela vous dit quelque chose...

— Capitaine Barlett, se présenta l'officier. Si ce sigle me dit quelque chose ? Et comment ! Pour autant que je sache, la patrouille de surveillance du système vous a priés de ne pas atterrir sur Oyun.

— Priés ? ricana McKay. Vous voulez dire qu'ils voulaient nous forcer à retourner d'où nous venions !

Le capitaine Barlett toisa le géant canadien et un sourire éclaira son visage.

— Rien qu'à vous voir, McKay, je comprends pourquoi vous n'avez pas obéi à cet ordre. — Puis il retrouva son sérieux. — Mais cela mis à part, je pense qu'il aurait été préférable pour vous d'obéir à cette injonction. Je ne sais pas ce que les autorités ont contre vous, mais... — Il haussa les épaules. — Que s'est-il passé ici ?

Marat lui raconta tout.

— Voilà qui est bien mystérieux, commenta Barlett lorsque le détective arriva au bout de son récit. Je ne connais aucune des personnes que vous m'avez décrites. J'ignorais aussi qu'une centrale nucléaire avait été installée dans le pavillon de chasse du directeur Traver. Et si je n'avais pas reçu le message radio d'une unité topographique qui, par le plus grand des hasards, a pu observer l'explosion, je ne saurais strictement rien de toute cette affaire.

A l'énoncé du nom du directeur, Jean-Pierre Marat n'avait pu s'empêcher de tressaillir. Mais ce fut d'une voix impassible qu'il posa la question suivante.

— Le directeur Traver, de la Société de Financement Yale ?

— Vous le connaissez ? demanda le capitaine sans cacher sa surprise.

— De nom seulement, répliqua Marat, ce qui était l'exacte vérité.

La réaction de l'officier le rassurait, mais il n'en laissa rien paraître. Barlett n'était certainement pas au courant de la mission de Marat sur Oyun, sinon il n'aurait pas été surpris. Donc, le capitaine Barlett ne faisait pas partie des gens qui ne voulaient pas le voir sur sa planète.

Deux hommes en civil s'approchèrent du petit groupe ; ils revenaient des bords du cratère.

— Il y a eu deux explosions, dit l'un d'eux. La première due à un explosif conventionnel, la seconde causée par une bombe à retardement thermo-nucléaire. Il est plus que probable que nous n'apprendrons jamais les secrets de cet immeuble. La bombe TN a fait fondre tout le bâtiment et son contenu.

— Si je peux me permettre de vous donner un conseil, dit Marat, venez donc examiner plus tard la composition des résidus. Vous trouverez peut-être des indices intéressants.

— Mes gens savent parfaitement ce qu'ils ont à faire, répondit Barlett placidement. (Puis il ajouta :) Vous comprendrez que, étant donné les circonstances, je suis obligé de vous emmener tous les deux. Il y a encore bien des points à éclaircir.

Marat acquiesça d'un signe de tête.

CHAPITRE IV

Perry Rhodan jeta un regard furtif à son chronographe-bracelet. Il portait la date du 23 novembre 2404, temps terrien.

Mesurée à l'aune de l'espérance de vie d'un homme relativement immortel, sa dernière rencontre avec Mory ne remontait pas à très longtemps. Mais Rhodan avait l'impression qu'une éternité s'était écoulée depuis leur dernière séparation.

Il jeta un regard impatient sur l'horizon à travers la vitre en plastex du glisseur. Derrière lui, les unités de son équipage s'étaient rangées en formation ouverte. Telle l'ombre géante d'une soucoupe volante, une *Gazelle* se glissa au-dessus des bâtiments abritant les postes de commandement. Elle s'immobilisa un bref instant dans les airs, puis monta à la verticale dans le ciel voilé de brume.

Perry Rhodan eut un sourire fugitif. Dans la *Gazelle* se trouvait l'amiral Schikatse représentant Julian Tifflor. Lui et la *Gazelle* étaient chargés d'assurer l'accueil et la réception de l'épouse du Stellarque.

— Un peu nerveux, ami ? demanda Atlan.

A peine avait-il terminé sa phrase qu'un objet volant sphérique et flamboyant apparut au-dessus des rochers.

Aussitôt les champs d'énergie se levèrent sur l'aire du spatioport.

Le commandant du croiseur plophosien exécuta une manœuvre d'atterrissage d'une perfection qui aurait fait pâlir d'envie quelques pilotes terraniens. Or il n'y en avait que d'excellents sur Gleam.

Les propulseurs se turent. Le croiseur *Anhomar* s'était immobilisé au centre de la place. Les champs d'énergie tombèrent.

Au même instant, le pilote du glisseur dans lequel Rhodan avait pris place démarra et se dirigea à toute allure vers le croiseur, suivi par les véhicules de l'équipage en formation stricte.

Tout fut prêt en cinq minutes pour la réception. Perry Rhodan aurait préféré s'abstenir de cette manifestation martiale, et son épouse, il le savait, n'aimait pas plus que lui ce genre de démonstration. Mais les habitants de Plophos tenaient beaucoup à ce que l'on reconnaisse leur autonomie. Personne n'avait oublié que jadis, un chef plophosien avait failli accaparer le pouvoir sur l'Empire. La moindre entorse au protocole aurait été considérée par l'équipage du croiseur comme une insulte à leur chef Mory Rhodan-Abro. Que Mory fût l'épouse de Rhodan ne changeait rien à l'affaire.

Quelques minutes après l'atterrissage, le sas ventral de l'*Anhomar* s'ouvrit. Douze soldats vêtus de leur uniforme de gala s'alignèrent le long de la rampe de débarquement pour former une haie d'honneur.

Des ordres claquèrent derrière le glisseur de Rhodan.

Il ne les entendit même pas. Le Stellarque n'avait d'yeux que pour la jeune femme qui sortait du sas et descendait la rampe, accompagnée de plusieurs officiers.

Mon Dieu ! se dit-il. Mory a encore embelli depuis la dernière fois que je l'ai vue !

Il tressaillit légèrement lorsque le maréchal solaire Tifflor le prit par le coude. D'un bond, il sortit du glisseur et rejoignit en hâte le bas de la rampe sans souci du protocole.

Mory le suivait des yeux, le visage illuminé d'un large sourire. Rhodan salua, puis lui saisit les mains. Il aurait préféré la prendre dans ses bras et la serrer contre lui. Mais dès le début ils s'étaient mis d'accord l'un et l'autre pour éviter toute effusion intime en public.

— Bienvenue sur Gleam !

Rhodan n'en dit pas davantage. Les paroles étaient inutiles entre eux ; leurs regards disaient le reste, ce qui n'était pas destiné à des oreilles étrangères.

Il salua les officiers du croiseur ainsi qu'Homer G. Adams.

Puis il fit demi-tour, et son visage perdit toute trace de tendresse. Les soldats ne virent plus en lui que le Stellarque, et non l'époux du chef suprême de Plophos.

Se déroula alors la réception officielle avec l'exécution, par l'orchestre du *Krest III*, de l'hymne de Plophos et de celui de l'Empire Solaire. Les nouveaux venus passèrent les troupes en revue en compagnie de Rhodan, d'Atlan et de Tifflor. Puis les Gazelles et les chasseurs biplace se mirent en position serrée et présentèrent des démonstrations en vol à couper le souffle, au-dessus du cirque montagneux et de la vallée encaissée qui abritait le centre de la base aux marches d'Andromède.

Tout le terrain était protégé par une ceinture de robots, bien que personne ne craignît sérieusement un incident. On ne faisait là que respecter une tradition bien établie.

Des glisseurs-taxis vinrent prendre en charge hôtes et visiteurs. La colonne s'ébranla, tandis que l'on commençait à extraire des hangars de la base du matériel, du ravitaillement et des pièces de rechange pour les charger dans les soutes de l'*Anhomar*.

Mory eut un sourire énigmatique lorsque les glisseurs pénétrèrent à l'intérieur d'un bâtiment central à un étage et que, devant eux, une rampe en spirale s'ouvrit brusquement.

Ce sourire ne passa pas inaperçu aux yeux de Rhodan, qui le lui rendit.

— Tu as raison, Mory. Les principales installations de la base, ainsi que la plupart des vaisseaux spatiaux, se trouvent très profondément enterrés sous terre ou à l'intérieur des flancs de la montagne. En revanche, j'ai fait construire à la surface d'une des planètes voisines une base fictive complète. Que l'ennemi vienne faire une exploration systématique de la Nébuleuse Androbéta, il reléguera inévitablement Gleam au rang de base subsidiaire.

— Tu es toujours le champion de la ruse, n'est-ce pas ? commenta Mory.

Rhodan haussa les épaules.

— Je fais ce que je peux, Mory. Moi qui voulais vivre avec toi comme un bon bourgeois sur n'importe quelle planète paradisiaque, travailler dans un laboratoire et passer mon temps libre à nager, pêcher, chasser et...

Mory lui posa l'index sur les lèvres.

— Tais-toi, Perry ! Tu n'es pas fait pour cette existence calme et pacifique. Aux hommes de ton envergure, l'aventure est aussi nécessaire qu'aux autres l'air pour respirer, et ils ne peuvent pas vivre sans le danger qui mobilise toutes leurs facultés. S'il n'y avait pas eu de puissance ennemie dans Andromède, tu aurais mis le cap sur la prochaine galaxie pour y chercher du danger. Aussi ne parle pas de calme et de paix, cela ne te va pas du tout !

Rhodan voulut protester, mais le sourire moqueur d'Atlan le retint. Il serra les lèvres et se tut.

Du reste, la présence de Homer G. Adams lui rappela l'autre facette de ses activités : la grandeur et la puissance de l'Empire Solaire étaient en premier lieu de nature économique... !

Il releva les yeux en sentant la main de Mory se poser sur son bras. Elle souriait.

— Adams n'apporte pas de bonnes nouvelles, Perry. Mais tu arriveras bien à arranger les choses. Sinon, c'en sera fini de la grande aventure dans le cosmos...

*
* *

Perry Rhodan insista pour que ses visiteurs commencent par se reposer pendant quelques heures des fatigues de leur long voyage.

Lui-même prit un bain, ce qui ne lui était pas arrivé depuis près de quatre jours pendant lesquels, en outre, il n'avait pas dormi. Mais le manque de sommeil le gênait beaucoup moins, car son activateur cellulaire était là pour régénérer constamment ses énergies.

Après ce bain réconfortant, il prit un repas chaud en tête à tête avec Mory, dans une immense véranda qui faisait partie de son logement sur Gleam. Des poissons multicolores jouaient dans les bassins où l'eau restait à température constante. Les grandes palmes des arbres exotiques se balançaient au souffle d'un vent artificiel. Les rayons d'un soleil, artificiel lui aussi, réchauffaient l'atmosphère. Des parterres de fleurs répandaient toute une gamme de senteurs enivrantes et, à l'arrière-plan, une vaste pelouse se terminait en un paysage marécageux. Plus loin encore, quelques cratères volcaniques d'où s'échappaient des fumerolles émergeaient d'une jungle envahie d'une brume vaporeuse. Il faut préciser que marécages, jungle et volcans n'étaient qu'une vidéo-illusion projetée en trois dimensions. Mais le reste suffit à arracher un cri à Mory, de ravissement et d'étonnement à la fois.

— Est-ce que tout ce déploiement de luxe ne provoque pas la jalousie des officiers et des équipages ?

demanda-t-elle. Après tout, cette installation somptueuse se trouve à environ huit cents mètres sous la surface de la planète ?

— Huit cent quarante mètres exactement, Mory. Mais personne ne m'envie ce luxe. N'oublie pas que sur les douze pièces de mon palais, si je puis m'exprimer ainsi, il y en a sept qui sont réservées aux visiteurs. En ce qui concerne la véranda, les officiers et les équipages en ont à leur disposition une bonne douzaine d'autres, encore plus vastes que celle-ci. Sur Gleam, ils peuvent pratiquer tous les sports qui leur conviennent, plongée sous-marine, navigation à voile, aviation, pêche, escalade, ou poursuivre leur formation intellectuelle, s'ils le désirent, en suivant les cours de l'Ecole Supérieure de l'Astromarine. Ils disposent de laboratoires, de bureaux d'études, d'ateliers et de palais multisports. Ceux qui le veulent peuvent aussi aller se distraire dans des cinémas, des bars, au théâtre ou au concert. Parmi les officiers et les hommes d'équipage, il y a même des poètes, des musiciens et des compositeurs. Je considère que chacun des soldats de l'espace est un individu à part entière qui peut continuer à se développer à sa guise, et nous n'avons pas le droit de mettre inutilement obstacle à ce développement.

Il posa la main sur l'épaule de son épouse.

— Tout cela coûte une fortune, je le sais, mais une fortune qui n'atteint même pas la moitié des frais engendrés par l'entretien d'un croiseur lourd. Or, je peux me passer d'un croiseur lourd, mais pas de mes hommes. L'essentiel pour nous, ce qui domine toutes les autres exigences, c'est leur santé physique et surtout psychique.

Mory hocha la tête d'un air pensif.

— J'espère seulement que le Conseil des Administrateurs sera aussi compréhensif. La situation est catastrophique, Perry. Je...

Il l'interrompit en posant un doigt sur ses lèvres.

— Pas maintenant, Mory ! Je vais entendre le compte rendu plus tard, cela me suffira. Laissons à l'homme qui est là pour ça le soin de nous faire son rapport : Homer Adams.

Perry but un verre d'eau minérale et se leva pour traverser la pelouse. Les yeux mi-clos, il se laissa pénétrer des senteurs du gazon réchauffé par le soleil artificiel. Pendant une fraction de seconde, il se crut dans son jardin de Goshun, au bord du lac salé, avec sous les yeux la surface immobile de l'eau aux reflets argentés, et derrière, les contours rayonnants de la ville de Terrania...

Le mirage s'évanouit au moment où il pénétra dans le sas qui l'amenait chez lui. La table de la salle de séjour était couverte de feuilles de plastopapier noircies de symboles. Sur les murs, les témoins lumineux de l'intercom et du télécom brillaient. Le large ceinturon portant les étuis des armes était suspendu sur le dossier d'un fauteuil. Rhodan le referma autour de sa taille et alla à la porte, suivi de son épouse. Mory avait perdu sa jovialité. Son visage était grave.

Elle a peur ! constata-t-il.

La petite salle de conférences étant également située sur le pont de commandement, Perry et Mory empruntèrent une bande porteuse et au bout de deux minutes, ils pénétraient à l'heure dite dans la pièce.

Homer G. Adams s'y trouvait déjà.

Le ministre des Finances de l'Empire Solaire se leva et s'inclina sans grâce. Cet homme bossu et trapu, affublé d'un crâne énorme, était bourré de complexes. Sa timidité et sa gaucherie suscitaient souvent la pitié. Mais dès qu'il s'agissait d'affaires, il se métamorphosait d'un seul coup, devenant un calculateur glacial, un planificateur prévoyant et un interlocuteur impitoyable dans les négociations.

Atlan, Julian Tifflor et le Dr Hong Kao arrivèrent par

une autre porte. Et enfin, bon dernier, le chef de la Milice des Mutants, le général John Marshall.

Dès que chacun eut pris sa place, Perry Rhodan fixa le ministre des Finances.

— Tel que je vous connais, Mister Adams, vous et vos habitudes... — il esquissa un petit sourire ironique — il a dû se passer des choses d'envergure galactique pour que vous ayez pris sur vous de quitter votre bureau et de vous déplacer jusqu'aux environs d'Andromède. Sachant en outre que vous ne vous occupez que d'affaires et de problèmes financiers, il semblerait que les deniers de l'Empire Solaire ne soient pas en excellente santé. Je me trompe ?

Homer G. Adams toussota. Son regard, qui jusqu'alors trahissait encore une certaine angoisse, devint brusquement glacial.

— Vous me connaissez bien, monsieur. Il n'empêche que vous surestimez beaucoup l'intérêt que je porte aux vols spatiaux. Je ne serais jamais venu jusqu'ici si la situation ne l'avait exigé.

Il tira un bloc de sa sacoche et l'ouvrit ostensiblement sur la table. Cependant, ce ne fut pas sur lui qu'il fixa son regard, mais sur Rhodan, comme s'il guettait la moindre réaction du Stellarque.

— L'Empire Solaire est un organisme dont les ramifications s'étendent très loin dans l'espace. Il comprend une planète-mère, la Terre, et mille trente neuf systèmes solaires autonomes qui, malgré leur autonomie, sont indestructiblement liés à la politique terranienne.

Adams leva la main, tel un professeur d'université.

— Mais ne vous faites pas d'illusions, monsieur. La puissance de la Terre sur les systèmes colonisés ne repose pas sur la maturité politique des Terraniens colonisateurs, pas plus que sur la crainte inspirée par notre supériorité militaire. Elle est fondée uniquement sur le facteur économique.

Presque tous les systèmes solaires avec leurs planètes se trouvent, économiquement parlant, plongés dans un endettement tellement lourd vis-à-vis des grandes banques terraniennes, et surtout de la C.G.C., qu'il leur est impossible de songer à se détacher de l'Empire. Celui qui, envers et contre tout, ferait cette démarche verrait son économie s'effondrer en quelques mois.

Adams joignit les mains et leva les yeux au plafond. Cette pose lui donnait l'allure d'un tartufe pétri de bigoterie. En réalité, c'était l'attitude typique qu'il adoptait lorsqu'il s'attendait à des objections. Mais il n'en vint point. Aussi exhala-t-il un soupir pour exprimer sa déception avant de poursuivre :

— Si vous voulez bien considérer une fois encore ce que je viens de dire, monsieur, vous comprendrez certainement pourquoi l'apparition sur le marché d'énormes quantités de billets de banque falsifiés m'a incité à venir vous trouver personnellement. Pendant trois mois, j'ai tout tenté pour mettre la main sur la source et le réseau de distribution des faux billets, mais en vain. A croire que ce sont des esprits qui s'en chargent.

L'attitude de Rhodan s'était raidie aux derniers mots d'Adams. Sa physionomie trahissait l'incrédulité et la méfiance. Et lorsqu'il prit la parole à son tour, le ton de sa voix laissa percevoir un soupçon évident d'irritation.

— Je ne comprends vraiment pas, Adams ! Même si vous n'avez pas encore trouvé la source de ces faux billets, il ne devrait pas être difficile d'empêcher leur diffusion. En fin de compte, il suffit de quelques méthodes d'investigations relativement simples pour différencier les faux billets des vrais !

Homer G. Adams esquissa un pauvre sourire. On le sentait malheureux.

— Je sais bien, monsieur, que j'éveille chez certaines

personnes une impression de légère stupidité. Mais je n'aurais jamais cru que vous aussi...

Perry Rhodan se pencha sur la table.

— Et maintenant, Adams, si vous faisiez exploser votre bombe, à la fin ? Vous croyez peut-être que nous avons le temps d'écouter vos mauvaises plaisanteries ?

Il en fallait davantage pour faire perdre son sang-froid à Homer G. Adams.

— J'ai l'impression que votre système nerveux a souffert ces derniers temps, monsieur.

Rares étaient les êtres qui pouvaient se permettre de parler sur un ton aussi désobligeant au Stellarque. Adams en faisait partie, tout comme John Marshall et Julian Tifflor, parce qu'ils avaient participé dès le début à la construction de l'Empire. Vraisemblablement aussi, sa participation à lui avait-elle été plus déterminante que celle de n'importe quel autre.

— Il est évident que les faussaires qui sapent notre monnaie, poursuivit-il, ont pensé eux aussi que l'on pouvait sans peine séparer le bon grain de l'ivraie.

Homer Adams posa une serviette sur la table. Elle était en cuir fin et symbolisait à elle seule l'anachronisme de son propriétaire. Il l'ouvrit et en sortit une liasse de billets de banque qu'il posa sur la table.

— Jetez donc un coup d'œil là-dessus, monsieur !

Rhodan feuilleta les billets. Tous les types de coupures figuraient dans l'échantillonnage apporté par Adams. Ils étaient de couleur verdâtre et de forme rectangulaire, et leur taille croissait en fonction de leur valeur. Ils portaient tous au recto le portrait de Perry Rhodan et au verso la reproduction de la galaxie traversée par une flottille spatiale. Et — détail capital — au toucher, ils avaient tous la même température.

— Alors, monsieur, pouvez-vous me dire si ces billets sont vrais ou faux ?

Rhodan tendit une coupure de dix mille solars à bout

de bras. Il la tint à contre-jour et essaya de percer les secrets du papier. Puis il emprunta le briquet de Marshall, l'alluma et tint le billet sous la flamme pour le chauffer sans le brûler. Au bout de quelques secondes, il le porta à la joue.

— Il ne fait aucun doute que ce billet contient du métal de Luurs, Adams. Sans même avoir recours à une analyse en laboratoire, j'affirmerais qu'il est authentique.

Adams esquissa un petit sourire.

— Regardez le numéro de la série, monsieur, et comparez-le à ceux des autres billets de dix mille.

Rhodan s'exécuta sans prononcer un mot.

Quelques minutes plus tard, il avait extrait de la liasse cinq coupures de dix mille portant le même numéro !

Il ferma les yeux et se cala contre le dossier de son siège pour récapituler en pensée tout ce qu'il savait sur la conception des billets de banque terraniens.

Ces billets en matériau synthétique étaient de fabrication extrêmement difficile. Le matériau de base à lui seul était si complexe dans sa composition qu'il ne pouvait être produit que dans les grands laboratoires hypermodernes. Sans compter que l'impression des billets était tout aussi délicate.

Mais au pis-aller, un groupe de faussaires ayant suffisamment d'argent et de temps — une décennie au moins —, des installations ultra-perfectionnées et des scientifiques à sa disposition pouvait encore venir à bout de toutes ces difficultés.

En revanche, il était absolument impossible de falsifier le réseau très serré de filaments extrêmement ténus, inséré dans les billets selon un processus ultra-secret. Leur extrême finesse ne permettait même pas de les sentir au toucher. Ils étaient en métal de Luurs, ainsi nommé parce qu'on ne le trouvait que sur la planète Luurs, planète méthanienne géante dont les coordonnées étaient gardées secrètes et que des unités d'élite de l'Astromarine verrouillaient contre toute incursion du monde extérieur. Aucune personne étrangère au service ne pouvait s'approcher à plus d'une année-lumière de Luurs. Et même les robots chargés de l'extraction du métal sur la planète étaient étroitement surveillés. Un soldat sur deux en stationnement sur Luurs faisait partie de la Défense Galactique.

Autrement dit, aucune personne étrangère ne pouvait s'approprier le métal de Luurs. En outre, il était absolument impossible de le reproduire, même en faisant appel à la recherche nucléaire. Toutes les tentatives effectuées jusqu'alors s'étaient soldées par un échec.

Le métal de Luurs possédait la propriété de conserver sa température spécifique constante quelles que soient les conditions extérieures. Cette température était de 3,4336715781 degrés Celsius, que le métal se trouvât exposé aux rayons d'un soleil ardent ou placé dans un coffre frigorifique à moins quatre-vingts degrés. Etant donné cette spécificité, les billets de banque de l'Empire Solaire donnaient toujours une impression de fraîcheur.

Perry Rhodan était comme pétrifié.

Ces quelques secondes lui suffirent pour comprendre à quel danger était exposée l'œuvre de sa vie, un danger pire que tout ce qu'elle avait connu jusqu'alors.

Néanmoins, il eut tôt fait de retrouver son calme habituel. Il passa une longue minute à transmettre des ordres par intercom et télécom. Puis il pria Homer G. Adams de terminer son rapport.

Le semi-mutant dessina d'une voix impassible, avec un réalisme glacial, la silhouette d'une catastrophe imminente...

CHAPITRE V

L'interrogatoire avait duré cinq heures. Jean-Pierre Marat et Roger McKay respirèrent de soulagement lorsqu'ils purent tourner le dos au quartier général de la police de Nelson-City.

La nuit avait depuis longtemps fait place au jour, et la matinée se terminait. Sur le conseil du captain Barlett, les deux détectives, pour plus de sécurité, louèrent un glisseur sans chauffeur et regagnèrent leur hôtel par leurs propres moyens.

Au bout de cinq cents mètres, McKay découvrit qu'ils étaient suivis à la trace. Il conseilla à son partenaire de semer leurs poursuivants, mais Marat n'était pas de cet avis.

— Si quelqu'un ne voit pas d'un bon œil notre présence sur Oyun, répliqua-t-il avec un sourire, il doit certainement savoir dans quel hôtel nous sommes descendus. Pourquoi dans ces conditions essayer de semer un poursuivant ?

— Pour le faire sortir de ses gonds ! grogna McKay furieux.

— Nous aurons le temps d'y penser plus tard. En ce qui me concerne, j'ai une faim de loup et pas la moindre envie de tourner en rond dans ce secteur.

McKay le frappa sur l'épaule, ce qui eut pour effet de tasser un peu plus le pilote sur le coussin de son siège.

— Voilà un argument contre lequel je ne soulèverai aucune objection. Allez, mon vieux, directement à l'hôtel !

Quelques rares consommateurs seulement occupaient le restaurant du « Galactic Beacon », sous le regard vide et inexpressif d'un robot-serveur immobile derrière le buffet et dont les yeux aux lueurs rouges restaient fixés sur le mur opposé. Des haut-parleurs invisibles diffusaient une musique tamisée.

Dès que Marat et McKay s'installèrent à une table, la lampe de contrôle du visiophone s'alluma automatiquement. La voix anonyme d'un robot chargé de prendre les commandes interrogea les nouveaux venus.

McKay examina attentivement la carte. Son choix se porta sur un poulet oyunien tout entier, gros et gras, farci aux champignons grillés, et deux portions de beignets de bananes au vin. Marat fit preuve de plus de modération. Il commanda une bouillabaisse en guise d'entrée et un ragoût de veau à la chinoise avec des pointes de bambou sautées et du riz de Patna. En guise de boisson, ils demandèrent tous les deux la spécialité de la maison, un verre de jus de fruit fermenté appelé « vagoia ».

Cinq minutes plus tard, le plateau de leur table se souleva et les menus commandés émergèrent devant eux.

McKay s'attaqua hardiment à son poulet qui devait peser autour de six kilos. Il ne lui fallut d'ailleurs pas longtemps pour en venir à bout. De même, il ne fit qu'une bouchée de la montagne de beignets de bananes qui suivit, sous les yeux ahuris de deux jeunes filles attablées non loin d'eux.

Marat ne se laissa pas impressionner par l'insatiabilité de son partenaire, due à son métabolisme particulier et à sa taille et qui, malgré tout, ne risquait pas d'entraver son look. Quant à lui, il mangea lentement et calmement, avec élégance et dignité pourrait-on même dire.

Lorsqu'ils eurent terminé leurs agapes, les deux détectives allumèrent une cigarette digestive et burent l'un et l'autre un double whisky.

Enfin, Marat daigna jeter un coup d'œil sur son chronographe.

— Onze heures, vieux. Il commence à être temps que nous allions nous présenter à la Société Yale !

Il dévisagea son compagnon en réprimant un sourire.

— Je pense qu'il serait préférable que nous nous séparions... Que dirais-tu si je te proposais d'aller rejoindre ta petite Heyde ?

— Ma foi, ce n'est pas de refus !

McKay se leva aussitôt pour obéir aux ordres de son chef. Mais Marat le retint par le bras.

— Attends un peu ! Ce n'est pas exactement ce que je veux dire. La seule chose qui doit t'occuper, c'est de savoir par qui les gens qui t'ont agressé cette nuit ont su que tu sortais avec Heyde. Peut-être ta jolie petite conquête n'est-elle pas étrangère à cette affaire.

McKay toussota.

— Je sais comment je m'y prendrai. Ce bon vieux McKay a ses petites méthodes à lui !

Marat le lâcha et le Canadien se sauva en toute hâte. « Décidément, ce géant est incorrigible sur le plan des femmes », se dit-il en hochant la tête. « Mais il faut reconnaître que jusqu'à présent, cela lui a bien réussi, même professionnellement ».

Le détective sortit à son tour du restaurant. Son glisseur l'attendait devant l'entrée. Il en déduisit que McKay avait pris un taxi. Dès qu'il démarra, un véhicule bleu se détacha d'un parking situé sur le côté opposé et s'insinua dans le sens giratoire. Marat le découvrit sans peine, et il lança un juron sonore pour exhaler sa rage.

*
* *

La Société de Financement Yale s'était établie dans une tour gigantesque, en compagnie de quatre-vingts autres firmes.

Jean-Pierre Marat admira l'installation ultra-moderne des bureaux. Partout se dressaient des positroniques posées sur des pupitres inclinés, servies par des hommes et des femmes vêtus avec une élégance recherchée. D'autres manipulaient les visiophones et les télécoms.

L'antichambre du directeur formait un contraste saisissant avec la sobriété des autres pièces. En y pénétrant, Marat eut l'impression d'entrer dans un paradis. Dans un coin, des jets d'eau jaillissaient de fontaines discrètement éclairées par en dessous et ruisselaient sur des fougères géantes. Partout, une débauche d'orchidées et de fleurs exotiques de toutes les couleurs s'offrait aux regards. Une colonne en fibre de verre transparente d'un bleu tendre était ornée de lianes savamment enlacées.

La jeune femme assise derrière un bureau élégant près de la colonne convenait parfaitement à ce tableau de rêve. Son visage aux traits fins, ses cheveux d'un bleu éclatant et ses yeux d'émeraude, sa robe scintillant de reflets métalliques laissant les genoux à nu, tout cela formait une symphonie de couleurs et de formes telle que Marat n'en avait jamais vu de plus belle.

Le visiteur s'inclina. Avant de quitter l'hôtel, il avait troqué son vieux pantalon et son blouson contre un costume de velours noir strié de fils rouges, une chemise bleu pâle à coins cassés et une cravate blonde en peau de lézard jaune. Dans cet apparat, il ne pouvait que faire grande impression sur les femmes, et il en était conscient.

— Jean-Pierre Marat, se présenta-t-il de sa voix grave qui complétait à merveille le décor. Je suis inconsolable, madame, de n'avoir pas pu vous présenter mes compliments à neuf heures comme prévu. Malheureusement, un accident m'en a empêché...

Elle se leva de son siège avec un large sourire qui découvrit deux rangées de dents brillantes et d'un blanc de neige. D'une démarche de mannequin, elle vint à la rencontre du nouveau venu et lui tendit la main.

— Helen Ayara ! Je suis la secrétaire de Mr Traver. Et vous, vous êtes vraisemblablement le grand détective que nous attendions... ?

Marat serra la main fine et soignée que lui tendait la jeune femme et sentit couver sous sa peau douce un feu dévastateur. Il exhiba un sourire impénétrable.

— Peut-être aurai-je l'occasion de vous raconter quelques anecdotes sur la vie d'un détective, Miss Ayara. Au cas où vous n'auriez pas encore de projet pour la soirée... ?

Elle retira sa main avec un rire en cascade.

— Qui pourrait résister à cette invitation, Mister Marat !

— C'est parfait. Pouvez-vous me donner le numéro de votre visiophone ? Je vous appellerai, mais malheureusement je ne sais pas à quelle heure j'en aurai terminé avec mon travail. Bien, et maintenant j'aurais aimé rencontrer Mr Traver.

Helen Ayara retourna à son bureau et annonça le détective.

Il ne connaissait pas personnellement le Dr Jeremy Traver, mais il s'était renseigné sur son compte avant de quitter la Terre. Aussi ne fut-il pas surpris de l'apparition insolite de ce natif d'Albumar.

Le directeur Traver était assis derrière son bureau, tel un crapaud obèse. Ses gros yeux saillants, son nez plat, son crâne ovoïde et chauve et ses lèvres dures dans un visage gris-vert n'auraient pas manqué d'effrayer maints Terraniens. Marat en avait vu d'autres. Il éprouva néanmoins une répulsion instinctive qu'il cacha derrière son masque souriant, avec toute la maîtrise dont pouvait faire preuve un ancien membre de la Défense Galactique.

Traver ne se leva pas de son siège. Il se contenta de tendre la main par-dessus la table. Marat la prit, avec l'impression de « patouiller » dans une caisse pleine d'anguilles vivantes.

— Je suis désolé de n'avoir pas pu respecter l'heure de notre rendez-vous, Mister Traver. Mais des circonstances fâcheuses...

— J'en ai entendu parler, Mister Marat ! — Traver avait une voix étonnamment aiguë qui ne correspondait pas du tout à son physique. — Je suis heureux que vous vous en soyez bien tiré cette fois encore.

Marat le fixa d'un regard pénétrant. A l'opposé de ses paroles, la voix de Traver trahissait davantage une menace à peine cachée, comme s'il voulait dire : « La prochaine fois, vous ne vous en sortirez pas à si bon compte ! »

— Mais asseyez-vous donc, poursuivit le directeur en lui indiquant un fauteuil.

Marat obéit et reprit :

— Vous connaissez la raison de ma visite... ?

Traver acquiesça d'un signe de tête et Marat eut l'impression qu'une ironie sournoise brillait dans ses gros yeux. D'instinct, il adopta un ton de voix plus rude.

— Voilà qui me surprend, Mister Traver ! Ou plus précisément, le fait que mon arrivée ici et le but de ma visite soient apparemment connus de tous ne peut s'expliquer que par une indiscrétion malintentionnée. Le directeur général de Terrania et moi, nous étions pourtant tombés d'accord pour que mon identité reste secrète, condition première du succès de ma mission. Au lieu de cela, le commandant d'un croiseur de patrouille m'a ordonné de ne pas atterrir sur Oyun et m'a prévenu que ma présence n'était pas désirée sur votre planète. Au cours de la nuit même, mon agent a été assassiné, tandis que mon associé et moi, nous étions enlevés. De même, la police qui s'est présentée devant les ruines de votre pavillon de chasse nous connaissait aussi.

Il se pencha en avant.

— Pouvez-vous m'expliquer tout cela, Mister Traver ? Et m'expliquer aussi ce qui nous attendait dans votre pavillon de chasse ?

La physionomie de Traver demeura impassible. Marat eut l'impression qu'il cherchait à l'hypnotiser de ses gros yeux de poisson. Ses mains épaisses reposaient paisiblement sur son bureau, sans le moindre signe de nervosité.

— Je suis navré que ce soit justement mon pavillon de chasse qui ait joué ce rôle capital dans votre enlèvement, Mister Marat. — La voix du directeur était encore montée d'un ton. — Mais cela ne vous donne pas le droit de me soupçonner, moi ! De plus, si vraiment j'étais impliqué dans votre enlèvement, il n'aurait pas été très astucieux de ma part de me servir précisément de mon pavillon de chasse, ne croyez-vous pas ?

Marat eut un rictus tellement diabolique que Traver ne put s'empêcher de tressaillir.

— C'est possible, répliqua-t-il d'un air condescendant.

En réalité, il voyait les choses d'une façon très différente. Le grondement des puissantes machines lui revint en mémoire. Il était très possible que Traver ait mis sa maison à la disposition des bandits parce que c'était le seul endroit où se trouvaient les installations qui, pour quelque raison que ce fût, étaient nécessaires après l'enlèvement. Il n'avait certainement pas compté non plus que ses victimes lui échapperaient. Mais ce n'étaient là que des suppositions impossibles à prouver. Il serait absurde de les exposer prématurément.

— En outre, continua Traver, vous vous êtes annoncé chez ma secrétaire sous votre véritable nom. Comment cela est-il compatible avec votre tactique d'anonymat ?

Jean-Pierre Marat haussa les épaules. A quoi bon répondre à cette question inutile ? Sans transition, il changea de sujet et exposa le but de sa mission. Puis il pria le directeur de lui permettre de contrôler les caisses de rentrées d'argent de la Société.

Marat possédant les pleins pouvoirs de la centrale, le directeur ne pouvait lui opposer un refus. Il sonna sa secrétaire et la pria de conduire son visiteur aux caisses.

Le résultat de ses investigations correspondit exactement à ce à quoi s'attendait le détective après les récents événements : il ne trouva ni faux billets ni billets portant les mêmes numéros de série. Tout semblait parfaitement normal.

Mais il ne laissa rien paraître de sa déception. En parfait gentleman, il prit congé de Miss Ayara, non sans lui rappeler leur rendez-vous.

La secrétaire du directeur était son seul espoir. Peut-être pourrait-elle lui expliquer comment la filiale Yale d'Oyun avait pu livrer des faux billets de banque en solars à son insu.

*
* *

Quatre minutes suffirent à Roger McKay pour trouver une station de taxis. Il se fit conduire directement chez la jolie Heyde, sa conquête de la veille au bar du « Galactic Beacon ».

Il aimait les surprises, aussi ne se servit-il pas de l'intercom de la porte du jardin. Il préféra sauter par-dessus la haie, quitte à écraser quelques fleurs au passage, et s'approcha d'un petit étang encombré d'une végétation luxuriante. Aussitôt un triton à crête géant qui flânait par là s'empressa de plonger dans l'eau et de s'éloigner à grands coups de queue.

McKay fit « hou hou » en souriant... et se figea sur place.

Il venait d'apercevoir dans l'étang un objet qui n'avait aucune raison d'y être et que les violents battements de queue du saurien avaient fait apparaître en écartant les plantes aquatiques de surface. Sans réfléchir, il se débarrassa de ses vêtements et entra dans l'eau. En quelques brasses, il parvint à l'endroit où la végétation était la plus dense et écarta fleurs et feuilles avec une fureur qu'il n'arrivait pas à contrôler.

Sa rage ne connut plus de bornes lorsqu'il aperçut le corps presque nu de Heyde. Même dans la mort, la jeune fille avait gardé son joli visage ; ses longs cheveux blonds ondulaient dans l'eau, tels ceux d'une nouvelle Ophélie.

Il attira le cadavre sur la rive, l'étendit au milieu des fleurs et le retourna, à la recherche d'une blessure. Mais il n'en trouva point. En revanche, la coloration rose des yeux attira son attention. Certes, parmi les Terraniens des colonies, il ne manquait pas d'êtres aux yeux de cette couleur, mais le détective était bien placé pour savoir que la petite Heyde n'en faisait pas partie. Il n'y avait donc qu'une seule explication à ce mystère : l'hypnotal.

L'hypnotal était un gaz destiné à agir sur le mental. A petites doses, il provoquait une amnésie partielle ou totale. Si la dose était trop forte, elle entraînait très rapidement la mort. L'hypnotal étant un produit liquide à température normale, c'est-à-dire terrestre, il se conservait et se vaporisait très facilement.

Dix minutes s'écoulèrent, puis McKay se secoua. Encore tout étourdi par le choc, il se rhabilla comme un automate. Mais il était trop groggy pour entendre le léger sifflement provoqué par un pistolet à aiguilles. Il n'en sentit pas moins immédiatement le choc douloureux du projectile dans son bras gauche.

McKay tomba sur les genoux. Tandis que le poison commençait déjà à embrumer son esprit, il tira son radiant à impulsion et le dirigea vers l'endroit d'où venait l'aiguille.

Puis il attendit.

Au bout d'une minute environ, le tireur inconnu, certain que sa victime avait déjà perdu connaissance, s'extirpa d'un massif de rhododendrons et s'avança d'un pas hésitant vers l'étang.

McKay visa. Son visage ruisselait de transpiration. Sa main commençait à trembler, mais un ultime effort lui permit de tirer. Le mugissement de la décharge d'énergie fut le dernier bruit qui ébranla ses sens avant qu'il ne s'abatte, le visage contre terre.

*
* *

En revenant à l'hôtel, Jean-Pierre Marat s'inquiéta de ne pas y trouver son second. Bien que le Canadien eût un faible très prononcé pour les jolies femmes et le whisky, il n'en négligerait pas pour autant son devoir. Marat le savait et lui faisait entièrement confiance.

Soudain, le timbre du visiophone se fit entendre. De sa main gauche, il activa l'appareil tandis que de la droite, il allumait une cigarette d'un geste insouciant.

Mais la cigarette ne tarda pas à lui échapper des lèvres.

Il s'attendait à tout, sauf à découvrir le visage d'Helen Ayara sur l'écran. Sur le moment, d'ailleurs, il eut de la peine à la reconnaître avec ses cheveux ébouriffés qui lui cachaient une partie du visage, ses traits décomposés et ses yeux dilatés comme s'ils venaient de contempler la Mort.

Habitué depuis toujours à se contrôler, il posa la seule question judicieuse :

— D'où m'appelez-vous, Helen ?

— Ecoutez-moi, Marat ! Je suis poursuivie par les hommes de Traver. Je vous appelle d'une cabine publique de la Gare Intercontinentale. Celle qui est située à droite de l'entrée Sud, numéro trois cent quatorze. Venez, Marat, je vous en supplie ! Aidez-moi !

Marat approuva d'un signe de tête.

— Restez où vous êtes ! Ne quittez cette cabine sous aucun prétexte ! J'arrive tout de suite !

Il se sauva en courant de sa chambre, traversa le hall comme un fou sous les yeux ahuris du chef de la réception et s'engouffra tout aussi rapidement dans son glisseur.

Le détective ne prêta aucune attention aux prescriptions du code de la route ni aux signaux lumineux de son tableau de bord. Il fonça à toute allure, arriva à s'échapper du centre-ville sans encombre et se précipita dans le tunnel Nord-Sud qui traversait toute la cité. Il roula comme un dément pendant dix minutes et, arrivé au bout du tunnel, fut tout heureux de retrouver la lumière du soleil. Il se mit alors à jongler avec les touches d'activation de l'antigrav et du coussin d'air, indifférent aux injures et aux hurlements des sirènes qui retentissaient dans son télécom, en provenance des glisseurs avec chauffeurs et des véhicules automatiques. Une minute plus tard, il s'engagea sur la ligne droite qui menait à la Gare Intercontinentale.

Cinq minutes encore, et il aperçut l'entrée Sud. Il plissa les yeux en remarquant le glisseur bleu qui roulait au pas sous le péristyle du hall abritant les cabines visiophoniques. La voiture s'arrêta brusquement. Trois hommes en descendirent et pénétrèrent en courant dans la salle des pas perdus.

Marat stoppa à son tour et sortit en hâte de son véhicule. Il était temps.

Une décharge radiante emporta le toit du glisseur. Aussitôt la température monta de plusieurs dizaines de degrés. Plié en deux, il courut jusqu'au péristyle et se coucha sur le premier perron, évitant le canon du radiant avec lequel un géant tenta de le frapper. A tâtons, il saisit le poignet de son adversaire, le tordit brutalement et catapulta le corps par-dessus lui contre la poitrine du second homme qui dirigeait sur lui un paralysateur. Le troisième lâcha Helen Ayara et saisit son radiant à impulsion en poussant un cri de rage. Mais le rayon ténu de l'arme de Marat fut plus prompte.

Helen Ayara assistait à la bagarre, debout, les bras ballants, les yeux agrandis de peur, comme paralysée sur place.

Marat lâcha un de ses jurons favoris. Il se précipita sur la secrétaire de Traver et se jeta par terre avec elle. Le rayon d'un radiant à impulsion cracha par-dessus son dos et déchargea son énergie à l'intérieur du hall de la gare.

— Restez couchée par terre ! cria Marat à la jeune femme.

Il rampa jusqu'au pilier le plus proche, à l'abri duquel il scruta le péristyle du regard, l'arme au poing et prête à entrer en action. Mais les autres savaient qu'ils avaient laissé passer leur chance. A cent mètres de là, le glisseur bleu s'insinuait déjà dans la voie d'accès qui menait au sens giratoire.

Le détective se releva lentement et, d'un coup d'œil, embrassa toute la salle des pas perdus. Il vit une foule de visages hagards ; la peur se lisait dans tous les regards. Manifestement, les habitants d'Oyun n'étaient pas habitués à ce genre d'incident.

Soudain les sirènes de la police se firent entendre, ce qui ramena Marat à ses préoccupations urgentes. Il ne tenait nullement à subir un nouvel interrogatoire interminable.

Il y avait sur Oyun un personnage influent qui, décidément, lui en voulait à mort. Pour l'instant, le détective fouilla les poches des trois hommes. L'un avait cessé de vivre, les deux autres étaient inconscients. Malheureusement il ne trouva rien d'intéressant sur eux. Preuve que des professionnels étaient impliqués dans cette affaire.

Il eut un sourire glacial en voyant les premiers agents de la police locale sauter à bas des glisseurs. D'un geste rapide, il serra Helen contre lui, lui passa le bras sur l'épaule et lui murmura quelques mots à l'oreille.

De la main gauche, Marat chercha son déflecteur et appuya sur le bouton du générateur.

— Restez bien collée contre moi ! dit-il encore à Helen.

Il l'entraîna prudemment vers le trou provoqué par le désintégrateur des gangsters sur le mur du fond de la salle des pas perdus. C'était le seul chemin sur lequel ils n'avaient pas à craindre de heurter quelqu'un, et donc de trahir leur présence.

Le grand hall offrait un spectacle de désolation. Comment osait-on tirer avec un radiant à impulsion à l'intérieur d'un endroit où grouillait une telle foule ? Ces armes avaient été construites pour lutter contre les robots et les soldats protégés par un écran énergétique.

— Fermez les yeux, Helen ! murmura-t-il d'une voix rauque.

Il la jeta sur son épaule et se sauva en courant. Bientôt il trouva une bande transporteuse presque vide qui conduisait à l'entrée Est de la gare. De là, ils empruntèrent un passage souterrain et débouchèrent enfin sur un parking réservé aux glisseurs.

Après avoir bien examiné les alentours, il remit la jeune femme sur ses pieds et débrancha son déflecteur.

— Voilà ! s'écria-t-il à bout de souffle. Le tour est joué !

Il lui présenta un peigne et un miroir de poche. Sans un mot, Helen remit un peu d'ordre dans sa toilette.

Puis il lui prit le bras et ils traversèrent paisiblement le parc comme un couple d'amoureux. Un taxi automatique attendait à la station, équipé de tout le matériel nécessaire aux hommes d'affaires, dictaphone, machine à écrire et télécom.

Marat poussa sa compagne à l'intérieur, puis s'installa à son tour sur le siège confortable et activa le tableau de bord. Le propulseur antigrav s'éveilla aussitôt.

— A votre service ! grinça la voix métallique du robot. Où voulez-vous aller, s'il vous plaît ?

— Au jardin botanique planétaire !

Les portières se fermèrent automatiquement. Le glisseur émit un sifflement prolongé, décolla à la verticale et, arrivé à une altitude de deux mille mètres, il prit son cap.

Le détective se cala contre le dossier de son siège et regarda la jeune femme.

— Tout s'est finalement bien terminé, Miss Helen. Oui, je sais que vous êtes encore sous le choc de cette bagarre. Mais, dans la mesure du possible, racontez-moi au moins l'essentiel. Nous ne pouvons pas voler éternellement dans les airs. La police ne va pas tarder à nous poursuivre et à interroger tous les taxis. On ne peut pas faire mentir les robots, n'est-ce pas ? Allons...

Helen Ayara dut encore lutter contre l'émotion qui lui nouait la gorge. Elle commença à parler, et bientôt son débit se fit plus régulier et ses paroles plus précises.

Elle parla d'une organisation de faussaires qui diffusaient de faux billets. Elle n'en avait eu la révélation que deux heures auparavant, et ignorait jusqu'alors que son patron était impliqué dans une affaire de ce genre. Le hasard seul lui avait permis de percer le secret de la filiale de Yale sur Oyun.

— Traver a oublié de couper la liaison avec mon bureau lorsqu'il distribua ses ordres au groupe d'exécution de la maison, expliqua-t-elle. Je l'ai donc entendu ordonner votre assassinat et celui de votre associé... Après cela, il a eu une communication par hypercom avec la Terre pour annoncer la liquidation du groupe de diffusion d'Oyun. J'étais encore commme pétrifiée lorsque Traver s'est approché de moi sans prévenir. Il s'est immédiatement rendu compte qu'il s'était passé quelque chose de grave, et a pris le contrôle du circuit des communications... A la suite de cet incident, il m'a offert d'entrer dans l'organisation de diffusion des faux billets en me faisant miroiter qu'au bout de six mois, je gagnerais une véritable fortune... Je n'avais pas le choix, je savais bien ce qui m'attendait en cas de refus. Un peu plus tard, il est retourné dans son bureau pour détruire quelques dossiers, et j'ai profité de cet instant de répit pour me sauver. Je me suis rappelé votre visite alors que je me trouvais déjà dans le taxi qui m'emportait à la Gare Intercontinentale. C'est de là que je vous ai appelé.

Le détective grinça des dents. Il savait qu'il n'avait plus rien à espérer sur Oyun. L'endroit devenant malsain pour eux, les gangsters s'étaient sans doute retirés ailleurs.

Mais soudain, il fit la grimace.

Il était décidé à poursuivre Jeremy Traver et son équipe jusqu'au bout, que la Centrale Yale de Terrania maintînt sa mission ou pas. !

Mais avant tout, il lui fallait retrouver McKay...

CHAPITRE VI

Perry Rhodan dormait depuis deux heures lorsque le bourdonnement de l'intercom le réveilla. Il savait qu'il ne pouvait s'agir que d'un message en provenance du Laboratoire Central de Gleam, car le chef de l'équipe scientifique avait reçu l'ordre de le prévenir dès que quelques examens particuliers seraient terminés.

— Les examens sont terminés, commandant, annonça le chef du laboratoire d'une voix lasse. Malheureusement, je vais vous décevoir. Notre équipement ne nous permet pas de distinguer les fauxs billets des vrais. Peut-être pourriez-vous essayer avec le laboratoire robot de Vénus, mais je doute fort du résultat.

En effet, la déception se peignit sur le visage de Rhodan.

— Une chose encore, commandant. Les coupures que vous m'avez confiées aux fins d'expertise ont une spécificité qui rend l'affaire encore plus invraisemblable qu'elle ne l'est déjà. Toutes celles qui portent le même numéro de série sont parfaitement identiques, jusqu'aux moindres détails comme les taches de souillure, les pliures, les notes manuscrites et les dégradations les plus infimes. J'ai l'impression que le patron de cet atelier de fausse monnaie est un malade mental. Jamais un cerveau normal n'aurait eu l'idée de copier des taches de souillure, parce qu'on n'en tient aucun compte lorsqu'on procède à des examens.

Cette dernière remarque du chef de labo pétrifia littéralement la physionomie de Perry Rhodan. Seuls ses yeux se mirent à briller comme des braises.

— Merci beaucoup, professeur, dit-il. Vous m'avez été très utile.

Et aussitôt, il coupa la communication. Puis, le front strié de rides, il sortit dans la véranda où il fit quelques pas dans son jardin paradisiaque, plongé dans une profonde méditation.

Tout d'un coup, il sentit qu'il n'était plus seul. Il tourna la tête et aperçut le visage familier de Mory. Le clair de lune artificiel faisait naître des reflets argentés sur ses cheveux. Ses yeux lumineux étaient fixés sur lui.

— La situation est sans espoir, n'est-ce pas ? murmura-t-elle une fois arrivée près de lui.

Perry Rhodan lui entoura les épaules de son bras. Il secoua la tête avec une lenteur calculée.

— Me voici arrivé à un des rares instants de ma vie où l'immortalité ne m'apparaît pas comme un fardeau, Mory. Les expériences de presque un demi-millénaire m'ont enseigné à ne jamais perdre espoir tant que je respire.

Elle garda le silence pendant un petit instant, puis reprit à voix basse :

— Je n'ai pas entendu ta communication visiophonique de tout à l'heure, mais je sais que le chef de l'équipe scientifique n'a pu que confirmer l'hypothèse de Nathan. Je me trompe ?

Rhodan se rappela les analyses de Nathan, le cerveau biopositronique géant, dont son épouse avait apporté les enregistrements. Sur la foi des coordonnées transmises par la Banque Centrale de Terrania et du rapport fourni par le Stellarque sur son voyage temporel, Nathan avait déduit que les billets falsifiés provenaient très vraisemblablement d'une duplication de billets authentiques, selon le principe des multiduplicateurs téfrodiens.

Il n'était pas difficile d'en tirer la conclusion finale.

Les Maîtres Insulaires avaient porté à l'humanité et à l'Empire Solaire le coup le plus terrible que l'on pût imaginer. Ils prouvaient ainsi qu'ils pouvaient renoncer à la puissance militaire et qu'ils n'avaient pas besoin d'envoyer de vaisseaux de combat dans la Galaxie pour ébranler l'Empire dans ses fondements.

C'était une nouvelle façon de faire la guerre, une façon beaucoup plus efficace que l'utilisation d'armes de destruction, et surtout un combat pour lequel Perry Rhodan lui-même n'était pas armé.

Tout portait à croire qu'il avait trouvé son maître — au sens littéral du terme !

— Non, Mory, tu ne te trompes pas, avoua-t-il d'une voix enrouée. Pendant que nous portions tous nos efforts à gagner du terrain et à sortir vainqueurs des conflits militaires, les Maîtres Insulaires sapaient en toute quiétude notre puissance de l'intérieur. Pourquoi n'avons-nous pas, nous, utilisé une telle tactique ? Pourquoi nous laissons-nous dicter la conduite de la guerre par des gens que nous méprisons ?

— Tu n'as pas le droit de parler ainsi, Perry ! murmura Mory. Ils possédaient un avantage déterminant comparés à nous : ils connaissaient notre Galaxie dans ses moindres recoins, alors que nous, nous connaissons à peine un pour cent d'Andromède, et encore, d'une façon très superficielle. Nous n'avons pas encore eu jusqu'ici la possibilité de mener la guerre des services secrets.

Perry Rhodan retrouva progressivement son sang-froid.

— Il va être temps que nous changions cette situation, dit-il sur un ton déterminé. Mais avant cela, il nous faut mettre de l'ordre dans notre situation intérieure. Nous repartons demain matin pour la Terre !

— Tu crois que nous finirons par avoir le dessus ? demanda Mory en levant les yeux vers lui.

Il lut un tel désespoir dans son regard qu'il ne trouva pas de meilleur argument pour la rassurer que de la prendre dans ses bras.

*
* *

Le 25 novembre 2404, temps terrien, dans la matinée, le *Krest III* arriva sur Kahalo après avoir franchi le transmetteur du Système Perdu et l'Hexagone des Sextuplées, situé dans le Centre Galactique.

A bord de l'ultracroiseur se trouvaient, outre les membres habituels de l'équipage, Perry Rhodan, son épouse Mory Rhodan-Abro, Atlan, Lemy Danger, le spécialiste de l'O.M.U, et Saar Lun, le dernier des Moduls. Il y avait aussi Homer G. Adams qui rentrait dans sa Voie Lactée d'origine.

Le Stellarque ne s'attarda pas sur Kahalo. Il se contenta d'inspecter les installations défensives et la base principale de la flotte de Kahalo. Tout allait bien, il n'y avait rien à redire. Ce qui le surprit le plus, ce furent les nouveaux uniformes de sortie et de gala des officiers de la Flotte, ainsi que quelques changements dans les comportements. Il en conclut qu'une nouvelle génération était en train de naître, une génération qui se préparait à faire table rase des coutumes et traditions devenues anachroniques. Malgré l'enthousiasme avec lequel il fut accueilli, il perçut une certaine réserve, la fierté du Terranien galactique, physiquement et mentalement supérieur aux autres, dont le sens critique ne reculait même pas devant le plus grand de tous les immortels.

Après y avoir bien réfléchi, il jugea ces changements plutôt positifs et symboles de progrès. Il y vit même la preuve de l'évolution irrésistible de la gent humaine.

Malgré tout, il avait du mal à admettre la supériorité du nouveau type d'officier par rapport à l'ancien. Les jeunes n'avaient même plus besoin de faire face à la flotte ennemie pour planifer et conduire la guerre spatiale. Il suffisait à tous ces spécialistes en cybernétique de rester à pianoter sur leurs différents pupitres de contrôle et de commande pour diriger les combats dans leurs moindres détails. Ce qui enlevait tout romantisme à la conduite de la guerre. En contemplant le visage de Don Redhorse, on comprenait tout de suite qu'il n'acceptait pas cette évolution de gaieté de cœur.

Pour l'instant, Rhodan avait d'autres chats à fouetter : il lui fallait étudier les dernières nouvelles en provenance de l'Empire et des secteurs périphériques.

On commençait déjà à frôler le désastre, ce ne fut pas sans amertume qu'il le constata. En particulier le prestige de l'Empire Solaire avait beaucoup souffert de la dévalorisation progressive de l'argent. Déjà les Francs-Passeurs, qui continuaient à contrôler une partie importante du commerce galactique, refusaient les règlements en solars. Ils ne consentaient à commercer avec les ressortissants de l'Empire Solaire que sous forme d'échanges, ce qui représentait un retour à la barbarie primitive. Rhodan comprenait fort bien ce signal d'alarme.

Mais il y avait plus encore. L'industrie terranienne elle-même refusait déjà d'accepter des commandes officielles. Les syndicats protestaient également parce que les ouvriers, les ingénieurs et les scientifiques ne pouvaient plus rien se procurer avec l'argent de leurs salaires.

Deux planètes colonisées s'étaient détachées de l'Empire dix jours auparavant à cause de l'inflation. Heureusement, dès le lendemain, les administrateurs avaient été destitués par les citoyens eux-mêmes et remplacés par des fidèles de l'Empire Solaire. Là ne s'arrêtaient pas les désastres. On commençait à entendre parler de soulèvements embryonnaires qui agitaient d'autres planètes. Si l'on ne mettait pas bientôt un terme à ces manœuvres, on allait directement à la catastrophe.

Rhodan chassa de son esprit toutes ces visions d'apocalypse et se ressaisit. A moins que le diable ne s'en mêle, il devrait arriver très rapidement à stabiliser la situation.

Après une courte halte de quelques heures, le *Krest III* repartit en direction de la Terre, à la vitesse maximale. Il se posa sur l'astroport de Terrania le 26 novembre 2404.

Les yeux des membres de l'équipage originaires de la Terre, et ceux de Perry Rhodan lui-même, s'humectèrent lorsque apparut sur les écrans d'observation extérieure la silhouette élégante de l'immense ville de soixante millions d'habitants. Au cours des quatre derniers siècles écoulés, les urbanistes s'étaient souvent demandé comment Terrania aurait pu se développer si, à la fin du XXe siècle, Perry Rhodan avait eu l'idée d'établir le pouvoir central dans un secteur déjà peuplé. Sans doute aurait-on dû, dans ces conditions, s'agrandir en souterrain. Outre qu'il était l'endroit idéal pour atteindre les objectifs que la Troisième Force, puis l'Empire s'étaient fixés, le désert de Gobi était aussi le seul qui permît d'offrir à une telle foule des conditions de vie dignes de l'humanité.

Cependant, les services responsables commençaient à se demander s'il ne serait pas prudent de songer à transférer la capitale de la Terre, qui était en même temps celle de l'Empire Solaire, sous la surface de l'océan. C'est là, sous quelques dizaines de milliers de mètres d'eau, que la population, l'Administration Centrale de l'Empire et les installations techniques seraient le mieux protégées contre les agressions des flottes ennemies. Certes, il ne manquait pas d'objections à ces projets, la première et la principale étant soulevée par les difficultés que l'on rencontrerait à construire des villes sous-marines.

Mais Perry Rhodan ne voulait rien savoir de ces propositions. Terrania, à ses yeux, n'était pas seulement la capitale de son royaume interplanétaire. D'innombrables souvenirs le liaient aussi à elle. C'est là que l'histoire avait acquis une dimension cosmique, et c'est de là que l'expansion de l'humanité avait pris son envol.

Fallait-il que tout cela ait été fait en vain, parce que les Maîtres Insulaires ébranlaient les fondements de l'Empire à la faveur d'une stratégie machiavélique ?

Rhodan ne pouvait pas y croire. Il n'empêche que ces idées ne cessaient d'obséder son esprit. Il n'arrivait pas à les chasser.

Un toussotement discret du colonel Cart Rudo arracha le Stellarque à ses pensées.

— Vous désirez, Rudo ?

Le commandant epsalien était visiblement embarrassé. Il fallut que Rhodan lui pose une seconde fois la même question pour qu'il se décidât à parler.

— Commandant... L'équipage de l'ultracroiseur n'a pas eu de permission depuis une éternité. Je vous prie de lui accorder un congé, en organisant un roulement par tiers.

— Je suis désolé, Rudo. La situation actuelle est tellement grave qu'elle ne permet pas d'envoyer en permission les équipages des croiseurs de bataille terraniens. Je vous demande de le faire comprendre à vos hommes avec beaucoup de ménagement.

Cart Rudo garda un instant le silence. Mais il ne bougea pas de sa place.

— Commandant ! dit-il enfin d'une voix ferme. Savez-vous au moins ce que vous faites là ? Ces gens ont droit à leur permission. De plus, ils sont sur la Terre. Chez eux ! Si nous les empêchons de mettre le pied sur le sol sacré de leur patrie, nous allons provoquer une mutinerie. Et il faudra s'attendre à une pluie de grêle de la part des syndicats militaires.

— Une mutinerie ? répéta Rhodan incrédule. — Il secoua la tête. — Non, Rudo, l'équipage du *Krest III* ne se mutinera pas, et vous le savez parfaitement. Ce truc-là ne marche pas avec moi. Quant aux réactions des syndicats, nous les neutraliserons en proclamant l'alerte orange pour toute la Flotte impériale. Nous ne pouvons pas nous permettre d'affaiblir, même momentanément, notre puissance militaire. Je voudrais aussi éviter, pour être franc, que mes hommes ne soient apostrophés grossièrement par des manifestants. Vous ignorez sans doute ce qu'il se passe à Terrania. Je viens de recevoir, il y a seulement un quart d'heure, le dernier message secret. Nous avons eu les plus grandes difficultés à empêcher une grève générale, Rudo. Mais la population est toujours en effervescence. Le solar n'a plus aucune valeur, vous vous rendez compte de ce que cela signifie ? Essayez de comprendre les réactions d'un père de famille qui travaille dur tous les jours et s'entend dire par son épouse que cet argent péniblement gagné ne lui permet même plus d'acheter du pain, parce que le boulanger a peur que ses clients le paient avec de faux billets !

— La situation est-elle aussi grave, commandant ? demanda Rudo effrayé.

— Non, pas tout à fait. Bien sûr, on n'en est pas à la famine. L'administration distribue des vivres et autres denrées d'utilité courante, et accepte la monnaie solaire en paiement. La question est de savoir pendant combien de temps encore elle pourra se le permettre.

— Je comprends. Bon, je vais expliquer aux hommes qu'on ne peut accorder aucune permission pour l'instant. Vous pouvez me faire confiance, commandant.

— Je le sais, Rudo.

Il releva les yeux à l'entrée de Mory, d'Atlan, de Kasom, d'Adams et de Saar Lun dans le poste de commande. Ils venaient le chercher pour transférer le quartier général dans le bâtiment de l'Administration Centrale. Il était plus rationnel, et plus efficace aussi, de diriger l'Empire de là-haut que du poste de commande d'un vaisseau spatial.

*
* *

Le 27 novembre 2404 à midi, Perry Rhodan prononça un discours sur toutes les chaînes de Terravision. Il s'adressa à toute la population du Système Solaire et aux mille trente neuf systèmes solaires autonomes qui faisaient partie de la Fédération de l'Empire.

Il donna un compte rendu relativement bref de sa lutte contre les Téfrodiens et les Maîtres Insulaires, mais il s'attacha à expliquer avec force détails que la dévaluation générale de la monnaie solaire était à mettre sur le compte d'une opération de destruction systématique menée par les Maîtres Insulaires, ainsi qu'à révéler la manière dont ils procédaient. Rhodan fit savoir en outre qu'en tant que Stellarque, il avait convoqué le Conseil des Administrateurs dans la Grande Salle Solaire de Terrania. Faisaient partie du Conseil des Administrateurs les représentants élus de tous les systèmes autonomes de l'Empire. Le Stellarque voulait rendre compte de sa politique devant le Parlement et expliquer les mesures qui devaient servir à la stabilisation rapide de la monnaie solaire.

Perry Rhodan ne chercha pas à enjoliver de quelque manière que ce fût la situation ni l'œuvre accomplie par lui, même s'il évita d'insister sur tous les dessous de l'inflation et les détails des contre-mesures. Il dit très ouvertement aux citoyens de l'Empire qu'ils n'arriveraient à surmonter les problèmes des semaines à venir que par leur autodiscipline et leur circonspection, en continuant à mobiliser toutes leurs forces pour le bien de l'Empire. Il ne leur promit pas de miracle, mais les prépara à des épreuves inéluctables.

Une fois son discours terminé, le Stellarque regagna la coupole du bâtiment par le puits antigrav.

Atlan et Homer G. Adams, profondément enfoncés

dans les fauteuils réservés aux visiteurs, firent mine de se lever à son arrivée. Mais, d'un geste de la main, le Stellarque les pria de ne pas se déranger.

Perry Rhodan éprouva un sentiment étrange en se retrouvant après si longtemps dans son propre bureau. Il contempla le cadre familier et laissa son regard errer sur la multitude de toits et de tours de Terrania-City, à travers les parois en plastex de la coupole. Il traversa la vaste pièce à grands pas et prit place lui aussi dans un fauteuil réservé aux visiteurs.

— Tu viens de prononcer un bon discours très mesuré, Perry, lui dit Atlan avec un sourire où perçait une légère ironie. J'espère que tes auditeurs garderont encore un brin de raison pour comprendre tes arguments. Quand il s'agit du sacro-saint argent, l'amitié n'a plus cours, c'est bien connu. Les Maîtres Insulaires ont touché exactement le talon d'Achille de l'Empire Solaire. S'ils étaient de mes amis, je les féliciterais plutôt aujourd'hui que demain.

Rhodan secoua la tête.

— Tu ne comprends toujours pas notre mentalité, Arkonide. Dans tous les hommes se cache une soif de liberté, plus ou moins exigeante selon les individus. Seulement voilà, la liberté individuelle est intimement liée à l'indépendance financière. Un homme qui dispose de suffisamment d'argent peut façonner librement sa vie, dans le respect des lois bien entendu. Les citoyens de la Terre l'ont réalisé de plus en plus ces derniers temps, car c'est ici que règne la plus grande prospérité. Imagine que tu sois l'un de ces citoyens et que brusquement tu ne puisses plus rien te procurer avec l'argent dont tu disposes, comment réagiras-tu ? Bien sûr, l'Empire est capable de te nourrir et de t'habiller, il dispose de grandes réserves pour cela. Mais toi, tu deviendras brusquement un simple élément d'une masse anonyme où tous sont réduits à la même enseigne, c'est-à-dire une fourmi dans une fourmilière. Si, dans cette situation, tu n'es pas capable de comprendre les rapports de causalité, ton esprit se court-circuitera et tu exigeras du gouvernement qu'il rétablisse les anciennes conditions de vie et te garantisse la valeur de ton argent...

— Il y a aussi un autre élément qui joue un rôle important, l'interrompit Adams d'une voix placide. Malgré son besoin d'individualisme et de liberté personnelle, l'homme n'a pas encore, loin s'en faut, dépassé le fameux instinct grégaire. Aussi, dès qu'une partie de ses compatriotes perdra le contrôle de ses nerfs, il sera inévitablement contaminé — mis à part quelques exceptions — et deviendra fou furieux. Pour accompagner les autres, il criera des slogans qu'il jugerait parfaitement absurdes à froid et il participera à des actes de violence qui vont à l'encontre de ses principes éthiques.

Les yeux plissés, Atlan toisa le ministre des Finances d'un air furieux.

— Vous voyez tout en noir, Adams. Après tout, il existe le recours à des messages subliminaux. Une émission de Terravision vous permettra à coup sûr de parer à tous les excès.

— Non !

Perry Rodhan sauta sur ses pieds. Son visage exprimait le dégoût.

— Ce serait avilissant. Le principe de la préservation de la dignité humaine et des droits de l'homme est toujours en vigueur dans l'Empire Solaire. Chacun doit pouvoir faire connaître sa volonté sans subir d'influence extérieure, peu importe qu'il prenne une décision objectivement bonne ou mauvaise !

— C'est tout à fait mon avis, approuva le ministre des Finances. Si les hommes se laissent entraîner dans des actions insensées, ils n'ont qu'à s'en prendre à eux-mêmes et à payer. Pourquoi devrions-nous jouer les tuteurs ?

— Votre argumentation est anachronique, Adams ! protesta Rhodan furieux à son tour. En tant que Stellarque de l'Empire élu par le Parlement, j'ai le devoir de préserver les hommes du mal. Je ne peux pas leur laisser les coudées franches, mais il faut que je prenne des mesures précises contre l'inflation et l'anarchie menaçantes. J'attends que vous me soumettiez demain midi au plus tard un projet qui me permettra de remettre dans le droit chemin l'économie et les finances de l'Empire, et quand je dis « droit », j'entends ce terme dans le sens d'une solution provisoire. En premier lieu, ce sont les travailleurs qui doivent avoir la garantie de l'existence.

— Je verrai ce que je peux faire, répondit Adams avec une certaine hésitation.

Avant qu'Atlan ait pu donner son avis, le timbre du télécom retentit dans le bureau.

Rhodan brancha l'appareil. Le visage familier de Reginald Bull apparut sur l'écran.

— Toi... ? demanda Rhodan. Je te croyais sur Mars.

— J'y étais, Perry ! Mais je suis revenu par transmetteur en ramenant deux types que tu devrais prendre le temps d'interroger. Quand sera-ce possible ?

Ceux qui connaissaient bien Bully comprenaient sans peine que son sourire grimaçant n'était qu'un masque. Les yeux d'Atlan se mirent à briller, il esquissa un petit sourire, tandis que Rhodan soupirait.

— Tu ne pourrais pas être un peu plus explicite pour une fois, Bully ? Qui sont ces types ? Que me veulent-ils ? Et qu'ont-ils de si important à me dire ?

— Il s'agit de Jean-Pierre Marat, le directeur de l'agence A.I.I., et de son partenaire, un escogriffe du nom de Roger McKay. Ils voudraient te parler au sujet d'une affaire de faux billets de banque, et je me suis dit que ce sujet était tout à fait d'actualité.

La physionomie de Rhodan ne trahit aucune émotion. Il regarda son chronographe et demanda :

— Où sont-ils ?

— Question stupide ! Au sous-sol, près de notre transmetteur, naturellement. Nous pouvons être chez toi dans dix minutes. D'accord ?

— D'accord, Bully ! A tout de suite !

Il coupa la communication et appela aussitôt la centrale d'information de l'Administration.

— J'ai immédiatement besoin de renseignements concernant Jean-Pierre Marat et Roger McKay, son partenaire. C'est très urgent. Transmettez la réponse dans mon bureau, je vous prie !

Il eut la surprise de constater que le fauteuil de son ministre des Finances était vide.

— Il a marmonné entre ses dents quelque chose à propos de communications hypercom urgentes, expliqua Atlan, et s'est sauvé en courant avant que j'aie eu le temps de dire un mot.

— Quand est-il parti ?

— Ma foi, je n'ai pas regardé l'heure...

— Non, je veux dire : à quel moment de ma conversation avec Bully ?

— Attends que je réfléchisse... Au moment où il parlait des billets de banque falsifiés. Pourquoi ?

Le Stellarque haussa les épaules.

— Je ne le sais pas encore moi-même, mon ami. J'ai vaguement l'impression qu'Adams est complètement désorienté. Où se trouve sa prévoyance qui nous a été si utile jadis ?

Avant qu'Atlan puisse répondre, l'intercom bourdonna. C'était la centrale d'information qui donnait les renseignements demandés concernant Marat et McKay.

Après avoir coupé le contact, Rhodan se plongea dans une profonde réflexion.

— Les deux détectives étaient jadis officiers de la Défense Galactique. Des personnalités de cette envergure n'ont pas l'habitude de courir après des fantômes, Atlan. Je crois qu'ils apportent vraiment quelque chose qui nous fera avancer dans nos investigations...

CHAPITRE VII

Roger McKay contemplait d'un œil pensif les deux robots de combat chargés de surveiller la sortie du transmetteur, des géants d'acier mesurant environ deux mètres et demi. En face d'eux, ses propres cent quatre-vingt-dix-sept centimètres paraissaient bien mesquins.

Jean-Pierre Marat lui envoya un clin d'œil, il avait l'air de s'amuser beaucoup. Il sentait que son ami brûlait d'envie de se mesurer à ces gardiens sans âme.

— Laisse tomber, McKay ! dit-il à voix basse mais sur un ton sans réplique. Ces types-là sont construits pour tuer. Même un gars bâti en force comme toi n'a aucune chance contre eux.

McKay s'approcha du second robot qui aussitôt leva son bras armé. Le canon menaçant d'un paralysateur visait la tête du détective.

— Vous êtes prié de vous tenir sur la réserve, monsieur ! gronda une voix issue d'un haut-parleur intégré dans la partie inférieure du crâne ovoïde.

Marat ne put s'empêcher de rire.

Il aurait dû s'attendre à la réaction des robots. En tant qu'ancien membre de la Défense Galactique, McKay connaissait les prescriptions rigoureuses qui régissaient les entrées et les sorties des transmetteurs directs : être accompagné d'une personne autorisée.

Une paroi d'acier glissa sur le côté avec force grincements. La silhouette trapue du maréchal d'Empire Reginald Bull se dessina dans l'encadrement. Le bras armé du robot pointé sur McKay le fit sourire.

— Les coutumes en vigueur ici sont plutôt rudes, mon cher, vous devriez le savoir du reste. Est-ce que l'expérience de votre paralysie due au poison d'Oyun ne vous suffit pas, monsieur le détective ?

Le visage de McKay prit une teinte olivâtre, ce qui, pour le Canadien, avait une signification profonde. Avec un effroi non dissimulé, il s'écria :

— Cela me suffit pour ma vie tout entière, monsieur ! Je n'en supporterai pas une deuxième du même genre ! Je me sens encore tout étourdi !

Bull retrouva son sérieux.

— Je vous comprends. Il est vrai que vous en avez reçu une dose mortelle. Il fallait vraiment une résistance de cheval pour en sortir indemne. Malgré tout, je me demande comment vous avez réussi à garder encore conscience pendant une minute après l'injection et à être capable de viser juste et d'atteindre votre cible.

Cette fois, ce fut Jean-Pierre Marat qui ricana.

— C'est le fruit d'un entraînement de tous les instants, monsieur.

— Un entraînement... ? répéta Bull sans comprendre.

— Au whisky, compléta Marat en riant.

— Ah ! fit Bull en se passant la langue sur les lèvres d'un air gourmand. Nous devrions nous entraîner de concert, tous les deux, McKay. Qu'en pensez-vous ?

— Bien volontiers, monsieur !

Bull eut encore un sourire ambigu.

— Okay, mon vieux. Malheureusement, il faut repousser ce projet à plus tard. Je ne connais pas un seul bar qui soit disposé à nous servir quoi que ce soit contre des solars sans valeur, même un whisky pour deux ! Disons donc... quand cette affaire de faussaires sera réglée, d'accord ?

Sans attendre la réponse du détective, il donna l'ordre aux robots de les laisser passer tous les trois. Une fois arrivés dans le hall, ils empruntèrent une bande porteuse qui les conduisit au centre du complexe administratif.

Au moment où ils allaient atteindre la salle dans laquelle donnaient les puits antigrav, les portes blindées de secours glissèrent brusquement devant eux avec un craquement sinistre.

Marat ne fit qu'un tour.

Trop tard !

Derrière eux également, des rideaux d'acier étaient descendus jusqu'au sol, leur fermant le chemin du retour.

Reginald Bull contempla les cloisons comme si elles venaient de tomber du ciel.

— Que se passe-t-il donc ? S'il y avait vraiment une raison de refermer les portes de secours, nous aurions été prévenus à temps par une communication générale !

— Voilà qui vous aurait bien arrangé, hein ? clama une voix glaciale venue de la droite.

Une porte de côté s'ouvrit, laissant le passage à quatre hommes armés qui portaient des masques plastifiés sur leur visage et des combinaisons du service technique de la Défense Galactique.

— Qu'est-ce que ça signifie ? cria Bull. Vous avez perdu la tête ?

— Haut les mains ! ordonna le plus grand du quatuor.

Roger McKay fit deux pas en direction de l'homme masqué, mais celui-ci fut plus rapide. Du canon de son arme, il le frappa violemment à l'abdomen.

Le détective s'effondra en gémissant. Les mains crispées sur son ventre, il roula sur le dos.

L'homme s'approcha de lui, un sourire sadique autour des lèvres. Il se prépara à renouveler l'opération.

Cette fois, McKay réagit tellement vite que personne n'eut le temps de s'en apercevoir. Ils le virent soudain tenir le canon de l'arme dans la main. Le chef de la bande tomba, renversant ses trois compagnons. Aussitôt, Marat et Bull se précipitèrent sur les bandits et les maîtrisèrent, pendant que McKay en terminait avec son agresseur.

— Que signifie cette agression ? demanda-t-il au porte-parole en le secouant sans ménagement. Qui est l'instigateur de ce kidnapping ? Allez, parle, sinon je te romprai les os un à un !

— Laissez-le, intervint Reginald Bull. La torture n'est pas de mise chez nous. L'interrogatoire psi aura tôt fait de leur délier la langue.

Avec son microcom, il appela la centrale de sécurité. On savait déjà d'ailleurs que les portes de secours blindées avaient fonctionné sans raison apparente. Elles s'ouvriraient deux minutes plus tard, lui promit-on.

Puis il se tourna vers les bandits.

— Dos au mur, bras en l'air et jambes écartées d'un mètre ! McKay, fouillez-les et ôtez-leur leurs armes !

Les quatre prisonniers obéirent sans résistance. McKay s'approchait pour fouiller le premier lorsque quatre rayons aveuglants d'une couleur laiteuse émergèrent du néant, tels des fantômes. Au bout d'une fraction de seconde, ils s'éteignirent. Une odeur de brûlé se répandit dans le local clos.

Les quatre hommes glissèrent lentement par terre. Chacun d'eux portait un horrible trou dans le dos de sa combinaison.

*
* *

Sous la conduite de Reginald Bull, les visiteurs venaient d'entrer dans le bureau. Perry Rhodan débrancha le télécom et se tourna vers eux.

Le maréchal d'Empire présenta Jean-Pierre Marat et Roger McKay. Puis le Stellarque s'adressa directement au premier.

— Ainsi, vous êtes Marat ? Ce nom me dit quelque chose... Non, dit-il en voyant McKay ouvrir la bouche pour parler. Je connais votre agence, bien sûr. Il ne s'agit pas de cela.

Marat eut un rictus diabolique.

— Jean-Paul Marat, né en 1744, assassiné en 1793 par Charlotte Corday...

Rhodan tendit l'oreille.

— Ah oui ! La Révolution française ! C'était lui, Jean-Paul Marat, le responsable des massacres de septembre 1792 et de l'exécution des Girondins en 1793...

— C'est un de mes ancêtres, confirma Jean-Pierre Marat. Je suis convaincu qu'il voulait le bien de la France. C'était un idéaliste, incorruptible et épris de vérité ; malheureusement, c'était aussi un fanatique. Il voulait tout obtenir dans le minimum de temps, et versa dans le radicalisme. C'est ce qui l'incita à se montrer impitoyable avec tous ceux qu'il considérait comme des obstacles à ses projets. Je ne le renie pas, mais je ne peux pas non plus approuver tout ce qu'il a fait. S'il avait vécu aujourd'hui, je n'aurais pas attendu l'apparition d'une Charlotte Corday pour...

Le sang lui était monté au visage et une flamme brillait dans ses yeux sombres. Il sourit néanmoins pour chercher à se faire pardonner cet éclat incontrôlé.

— Je l'ai connu, intervint Atlan. Vous avez hérité son tempérament, mais il n'avait pas l'intelligence et la maîtrise de soi qui vous caractérisent.

Marat jeta un coup d'œil rêveur sur l'Arkonide aux cheveux de neige, mais ne dit rien. Qu'aurait-il pu répondre à un homme qui avait vécu l'histoire depuis plus de dix millénaires ?

— Venons-en à nos affaires, messieurs ! dit Rhodan. Prenez place, je vous en prie ! Mister Bull aurait-il la gentillesse de nous offrir quelque chose à boire ?

Il posa un coffret à cigarettes sur la table. Les deux

détectives se servirent. Le Stellarque et l'Arkonide ne fumaient pas. Pendant ce temps, Bull avait passé la commande au distributeur automatique. Une partie de la table se souleva, un plateau apparut, portant une carafe de whisky, cinq verres et un seau rempli de glaçons.

McKay fit le service. Perry Rhodan leva son verre, tandis que l'incorrigible détective prenait bien soin de vider d'un trait le sien et de le remplir aussitôt. Au bout de deux minutes de silence pendant lesquelles chacun savoura son breuvage, le Stellarque entama la discussion.

— L'enquête concernant les quatre hommes masqués n'est pas encore terminée. C'est pourquoi je propose que nous commencions par l'affaire qui amène le major Marat et le capitaine McKay à Terrania.

Il sourit en voyant l'étonnement peint sur la physionomie des deux détectives.

Reginald Bull prit la parole.

— J'ai rencontré Marat sur Mars, ou plus précisément à la Banque de Commerce Interstellaire de Trinity-City. Il m'a reconnu immédiatement et m'a demandé un entretien. J'ai commencé par refuser, ce que je fais toujours par manque de temps. Mais il a insisté en parlant de faux-monnayeurs, ce qui m'a fait aussitôt dresser l'oreille. Après avoir liquidé nos affaires à la banque, nous sommes allés ensemble au comptoir des Francs-Passeurs. Pendant le trajet, Marat m'a parlé de la mission qui les avait conduits, lui et son associé, sur la planète Oyun dans le système de Kepha, et sur les incidents qui avaient marqué leur séjour à Nelson-City. Je me suis tout de suite dit que l'affaire de la fausse monnaie prenait un tour nouveau et j'ai prié Marat de revenir à Terrania avec moi.

Rhodan approuva d'un signe de tête.

— Je te félicite de cette initiative. Ce que Marat et McKay ont à nous raconter semble suffisamment important pour justifier une tentative d'enlèvement. Mais maintenant, je propose que monsieur Marat raconte lui-même tout ce qui leur est arrivé sur Oyun.

Le détective inclina la tête en signe d'approbation, vida son verre et éteignit sa cigarette. Puis il se tourna vers le Stellarque et se mit à parler...

Lorsqu'il en arriva à la libération de la secrétaire de Traver, il jeta un coup d'œil ironique à son partenaire.

— Helen Ayara m'a dit que McKay allait être supprimé. Mais comme elle m'avait dit la même chose en ce qui me concernait, je ne croyais pas que les hommes de Traver réussiraient à mettre leur projet à exécution ! Ce en quoi je me trompais lourdement. Et cette erreur faillit s'avérer fatale pour McKay. Heureusement, je savais où il était parti, et comme il fallait de toute façon que je lui parle, j'ai décidé d'aller moi aussi chez la barmaid.

Il ne put s'empêcher de soupirer.

— J'ai éprouvé un choc terrible en survolant le jardin de Heyde à deux cents mètres d'altitude. McKay était étendu près du cadavre de la jeune fille, apparemment mort lui aussi. A une vingtaine de mètres de la maison, nous découvrîmes un autre cadavre, celui d'un homme mince, presque délicat, qui avait reçu une décharge radiante en pleine poitrine.

McKay leva la main, et sur un signe de tête de son ami, il poursuivit le récit. Il expliqua qu'il avait retiré le cadavre de Heyde de l'étang et reçu ensuite un projectile contenant un poison tiré par un pistolet à aiguilles.

— Il ressemblait à un cadavre, lui aussi, reprit Marat. Comme nous ne circulons jamais sans pansements injectifs avec sérum polyvalent, j'ai pu lui dispenser les premiers soins d'urgence. Puis nous l'avons emporté dans le glisseur et déposé au centre médical du service de santé galactique. Les médecins ne lui donnaient même plus une heure à vivre. C'était déjà miraculeux qu'il eût encore un souffle de vie... Ils avaient sous-estimé sa résistance. Au cours de la nuit suivante, il se libéra du complexe cybernétique dans lequel ils l'avaient mis et m'appela du visiophone le plus proche. Puis il alla au bar et y resta jusqu'à mon arrivée, soi-disant pour « se gorger de contre-poison ».

— Que pouvais-je faire ? protesta McKay d'une voix sonore. J'avais d'horribles nausées et mon crâne bourdonnait comme un essaim de frelons ivres !

Reginald Bull éclata de rire, tandis que Perry Rhodan sourit, manifestement amusé lui aussi. Pendant une seconde, il oublia la situation précaire dans laquelle se trouvait l'Empire.

Au milieu de l'allégresse générale, la sonnerie du télécom retentit.

Atlan activa l'appareil. Il prit le message de l'officier de la Défense Galactique, puis raccrocha et se tourna vers les autres, qui n'avaient pas pu suivre la communication.

— Les quatre bandits sont identifiés, dit-il d'une voix calme. Ils font en effet partie du service technique de la Défense Galactique. — Après une pause significative, il poursuivit avec cette fois une certaine dureté dans le ton : Malheureusement, ils ont commis une faute irréparable : la Défense a découvert il y a dix minutes « leurs » cadavres dans un hangar à bateaux du lac de Goshun... !

Bully, Marat et McKay regardèrent l'Arkonide sans comprendre. Rhodan fut le seul à saisir aussitôt l'importance de cette nouvelle. Il se leva à demi de son fauteuil, puis retomba dans ses coussins. Ses mains se cramponnèrent aux accoudoirs avec une force telle que le sang sembla les quitter.

— J'aurais dû y penser, murmura-t-il entre ses dents. Quand on est capable d'introduire clandestinement des billets de banque dupliqués, on est aussi en mesure d'utiliser des doublons de Terraniens.

Reginald Bull s'étrangla.

— Mais... !

Incapable d'en dire plus, il hocha la tête comme s'il ne comprenait plus rien à l'affaire. Rhodan parla à sa place.

— Pour produire des doublons de Terraniens, il faut disposer d'un duplicateur sur la Terre, c'est bien ce que tu voulais dire, n'est-ce pas ?

Bully acquiesça.

— On a enlevé les quatre hommes du service technique de la Défense Galactique et on les a dupliqués. Et lorsqu'on n'en a plus eu besoin, on les a tués. Ce sont les doublons qui ont pris leur place. Maintenant je voudrais bien savoir qui court ici sans être son propre original.

Perry Rhodan fronça les sourcils et regarda l'Arkonide d'un air pensif.

— On pourrait penser que les doublons seraient facilement reconnaissables à leur microrécepteur cérébral. A moins que... ?

— A moins que ! répéta Atlan sèchement. La Défense Galactique a évidemment cherché dans cette direction. Les quatre doublons morts ne portaient pas de microrécepteur cérébral !

Rhodan bondit de son siège, courut jusqu'au panneau de contrôle du grand hypercom et appuya sur les touches d'appel.

L'écran de contrôle s'illumina ; le visage d'un capitaine du groupe des transmissions spatiales apparut.

— Je voudrais immédiatement une liaison relais avec Kahalo. Avec le commandement suprême de la flotte de liaison !

En attendant la communication, il pianota nerveusement sur la console. Malgré l'urgence et la propagation quasi instantanée des impulsions, il lui fallait prendre patience, car le message hypercom ne pouvait franchir la distance énorme qui séparait Terrania de Kahalo sans être amplifié et retransmis par de nombreuses stations relais avant de parvenir à destination.

Lorsque enfin le général commandant la flotte de liaison stationnée sur Kahalo se présenta, le Stellarque prononça une seule et unique phrase :

— Envoyez immédiatement un croiseur rapide sur Gleam pour qu'il embarque tous les membres de la Milice des Mutants et les amène à Terrania !

Le général confirma qu'il avait bien reçu l'ordre.

Avec une lassitude qu'il ne chercha pas à dissimuler, Rhodan revint à sa place.

— Si les mutants ne peuvent pas nous aider, murmura-t-il, le regard perdu dans le vide, la Terre va se transformer en un véritable asile de fous. Personne ne pourra plus savoir si son voisin est un original ou un doublon.

*
* *

— Toi, en tout cas, tu me parais bien être toujours ton original, dit Marat à son partenaire en voyant McKay déboucher la troisième bouteille de whisky.

Les deux détectives attendaient dans le bureau du maréchal d'Empire l'annonce du retour d'Homer G. Adams à l'Administration centrale, en compagnie de la secrétaire en chef de Reginald Bull.

Miss Wildred Whitney était une jolie blonde à la physionomie ouverte et intelligente. Elle possédait donc deux qualités que l'on trouvait rarement réunies dans une même personne.

Roger McKay était bien placé pour apprécier une telle rareté. Il tentait depuis vingt bonnes minutes déjà de lui extorquer un rendez-vous, mais Miss Withney ne mordait pas à l'hameçon. En désespoir de cause, le Canadien essaya de noyer sa déception dans le whisky.

A l'allusion perfide de Marat, il répondit par un grognement méprisant.

— Mon doublon recevra toutes mes spécificités, tu

peux en être sûr, Marat. Aussi ne pourra-t-on pas me distinguer de moi-même.

— Si vous continuez à boire à cette allure, vous allez finir par nous prendre tous pour des doublons ! intervint la secrétaire non sans ironie.

McKay s'étrangla. Une fois calmé, il reprit :

— Comment cela, Baby ?

— Je vous prie de ne pas m'appeler Baby, espèce de grand escogriffe ! lui cria-t-elle. Au cas où il brillerait encore une petite étincelle d'intelligence dans votre cerveau rongé par l'alcool, vous devriez comprendre ce que je voulais dire.

Jean-Pierre Marat ricana, ravi de cette grosse pierre jetée par une jolie fille dans le jardin de son ami.

— Elle veut dire que si tu continues à boire autant, tu finiras par voir nos doublons en plus des originaux.

McKay sourit, tout heureux à cette perspective.

— Deux Miss Whitney ! Ce serait formidable !

La secrétaire de Bull se leva brusquement, lui prit la bouteille des mains et la rangea dans son bureau.

— J'ai déjà reçu beaucoup de gens qui caressaient volontiers la bouteille, dit-elle furieuse. Mais un tonneau sans fond comme vous, jamais ! L'alcool n'est certes pas mauvais en soi, à condition de savoir garder la juste mesure.

McKay se leva, droit comme un I, bien calé sur ses jambes comme s'il était parfaitement à jeun.

— Je suis malheureusement obligé de vous contredire, Miss Whitney. Cette philosophie de la juste mesure vient d'un homme qui avait l'habitude de prouver lui-même l'absurdité de ses propres maximes. Il y a déjà presque cinq cents ans de cela, et c'est d'ailleurs tout ce qu'on a conservé de lui. Mais les gens tolérants s'en tiennent à la mesure individuelle. Et un gars comme moi peut supporter dix fois ce que supportent d'autres, sans perdre le moins du monde son équilibre.

Mildred Whitney était déconcertée. Une étincelle de sympathie jaillit soudain dans ses yeux. Elle toisa le géant des pieds à la tête et sembla pour la première fois se rendre compte de son physique exceptionnel.

Roger McKay n'aurait pas été lui-même s'il ne l'avait pas remarqué. Il envoya un clin d'œil à Marat comme pour dire : « Tu vois, pas une femme ne peut me résister... »

— Dites-moi... reprit la secrétaire après avoir de nouveau contemplé longuement le Canadien des pieds à la tête sans la moindre gêne. Vous êtes aussi insatiable dans tous les domaines ?

McKay acquiesça d'un signe de tête, ravi. Toute sa physionomie rayonnait de satisfaction.

Miss Whitney poussa un profond soupir.

— Je viens juste de me rappeler que je suis libre ce soir. Si vous le désirez, nous pourrions dîner ensemble à l'Hôtel Véga. Mais il faudrait que vous vous procuriez des piézoquartz ou de l'or, car avec des solars, c'est à peine si vous obtiendrez un verre d'eau.

McKay ne put cacher sa déception.

— Où voulez-vous que je me procure des piézoquartz ou de l'or, Baby ?

— Je pourrais peut-être vous venir en aide, déclara derrière lui une voix presque trop aiguë pour être virile.

McKay fit demi-tour et son visage s'éclaira d'un seul coup.

— Mister Adams ! C'est justement vous que nous attendions ! Dites-moi, c'est vrai que vous pourriez m'aider ?

— Bien sûr ! répondit le ministre des Finances de l'Empire Solaire sur un ton protecteur. Ce serait un plaisir pour moi. Après tout, je ne souhaite pas que les hommes qui répondent de ma sécurité soient obligés de renoncer à se distraire.

La main de McKay serra avec tant de violence celle

d'Adams que le ministre des Finances ouvrit la bouche et tomba sur les genoux. Effrayé, le détective le lâcha.

— Excusez-moi, monsieur. Je n'avais pas l'intention de...

— C'est bon, c'est bon... l'interrompit Adams.

Il exhiba un sourire crispé et personne, à part Jean-Pierre Marat, ne décela l'étincelle de jalousie qui brilla dans les yeux d'Adams le temps d'un battement de cœur.

— Vous connaissez donc déjà notre mission, monsieur ? demanda courtoisement Marat.

— Euh... — Adams garda les yeux baissés d'un air absent. Il lui fallut quelques secondes pour retrouver son sang-froid. — Ah oui, bien sûr ! Oui, Mr Bull m'a mis au courant. Vous êtes chargé de veiller à ce que je ne sois pas enlevé, n'est-ce pas ? — Il laissa échapper un petit rire chevrotant. — Désagréable affaire que celle des doublons...

Marat sourit à son tour, avec une expression indéfinissable.

— Oh, je suis certain qu'il suffira de quelques jours seulement aux mutants de Perry Rhodan pour faire la distinction entre les doublons introduits clandestinement sur la Terre et les originaux !

Adams ricana. On le sentait nerveux. En cet instant, il ressemblait étrangement à un gnome bossu pétri de méchanceté.

— Hi hi ! Les mutants ! Oui, les « armes prodiges » de Rhodan y mettront bon ordre, messieurs. Il faut bien qu'ils y réussissent d'ailleurs, sinon l'Empire sombrera.

Miss Whitney eut du mal à cacher son indignation.

— Mon Dieu, Mister Adams ! Vous avez dû passer quelques semaines épouvantables ces temps derniers ! Avec cette responsabilité qui pèse sur vos épaules... Si vous échouez, l'économie de l'Empire s'effondrera définitivement. Il est vraiment temps que vous vous ménagiez un peu. Est-ce que le Stellarque ne pourrait pas vous donner quelques conseillers financiers pour vous décharger ?

Adams fit une grimace, comme s'il venait de croquer une pomme acide.

— Il a déjà essayé. Des conseillers ? Si je ne réussis pas, moi, comment voulez-vous que des conseillers réussissent ?

Jean-Pierre se détourna, profondément écœuré. Il ne supportait pas les gens qui se croyaient infaillibles. Si un homme sans discernement et occupant une position lourde de responsabilité refusait de se faire aider, cette outrecuidance deviendrait un danger pour la société.

— Le Stellarque nous a donné pour mission de vous protéger, certes, dit-il en traînant sur les mots. Mais je vous serais tout de même très obligé de nous présenter maintenant votre programme pour les vingt-quatre heures à venir. Il nous faut bien planifier notre travail, vous comprenez, monsieur... !

Le visage d'Adams pâlit sous l'effet de la colère, mais il se domina et répondit avec un sourire :

— Pour les vingt-quatre heures à venir, le programme prévoit une conférence par hypercom avec les directeurs des vingt-six régions spatiales. Puis je dois programmer dans Nathan un secteur logiciel de travail pour la mise au point d'un plan d'urgence que le Stellarque attend avec impatience. Au cas où il me resterait encore quelques heures, je pourrai les consacrer au sommeil. — Il toussota. — La conférence par hypercom commence dans une demi-heure dans mon bureau de New York. Je propose donc que nous allions tout de suite rejoindre le transmetteur du sous-sol. C'est le seul moyen de transport qui me permettra d'arriver à temps.

Marat acquiesça d'un signe de tête.

— Je suis d'accord, monsieur. Nous vous accompagnons.

Il s'inclina devant Miss Whitney.

— Merci infiniment de votre hospitalité. J'espère que nous n'avons pas été une trop lourde charge pour votre système nerveux.

— Qu'en est-il de notre rendez-vous ? protesta McKay.

Marat haussa les épaules.

— Je ne peux encore rien dire. Le mieux à faire est de téléphoner à Miss Whitney en début de soirée. D'ici là, tu sauras si tu es libre ou pas.

McKay n'était pas ravi de cette solution, mais force lui était de faire contre mauvaise fortune bon cœur. Après avoir pris congé de leur hôtesse, les deux détectives entourèrent le ministre des Finances, et ils se dirigèrent tous trois vers la station du transmetteur.

CHAPITRE VIII

Terrania, le 1ᵉʳ décembre 2404

Les glisseurs se serraient sur la « Place des Astronautes », des glisseurs de luxe exclusivement. Les plates-formes des parkings anti-G firent la navette sans interruption jusqu'à ce que la place soit de nouveau vide et ouverte aux lueurs pourpres du soleil levant.

En revanche, des centaines de milliers de curieux se pressaient sur les parkings environnant la place. Le bruit des conversations se mêlait aux sifflets des policiers. Des glisseurs stationnaient toutes portières ouvertes aux points stratégiques, avec des soldats de la milice et des policiers coiffés de leur casque. Des Gazelles semblaient suspendues dans les airs, quasi immobiles au-dessus de la foule excitée et de la gigantesque « Salle Solaire » qui se dressait au centre de la place.

Un unique glisseur de surface s'engouffra à toute allure sur la voie dégagée de tout obstacle qui donnait accès à la place. Il amenait trois personnalités : Homer G. Adams, Jean-Pierre Marat et Roger McKay.

Quelqu'un dans la foule avait dû reconnaître le véhicule du ministre des Finances à ses armoiries. Toujours est-il que les micros extérieurs captèrent une rumeur grondante qui alla en s'amplifiant. Lorsque le glisseur passa un virage serré, des pierres crépitèrent sur le toit transparent. Quelques mégaphones hurlèrent des injures et des revendications.

Homer G. Adams était assis sur son siège, le visage blême, recroquevillé sur lui-même. Ses yeux allaient de droite à gauche et de gauche à droite, et ses longs doigts fins ne cessaient de se promener sur la serviette de cuir qui reposait sur ses genoux.

Jean-Pierre Marat hésita à calmer le ministre des Finances. Après tout, on ne pouvait pas juger la situation d'après les réactions de la foule. Mais, ces derniers temps, Adams avait parlé des gens avec un tel cynisme qu'au fond, le détective était ravi de le voir trembler de peur.

D'ailleurs lui-même n'était pas rassuré non plus, mais pour d'autres raisons. Bien que la Milice des Mutants de Perry Rhodan fût mobilisée sans relâche depuis plusieurs jours, elle n'avait pas pu identifier un seul doublon. Aussi une réaction logique et prévisible commençait-elle à se faire jour, qui pouvait se révéler aussi funeste que l'inflation présente : une méfiance désastreuse parmi les fonctionnaires militaires et civils responsables qui étaient au courant de cette affaire de doublons. Ainsi par exemple, on ne savait plus si l'officier chargé de diriger la Position A était encore celui que Rhodan avait nommé ou s'il avait été remplacé entre-temps par un doublon ennemi de l'Empire. Conséquence de cette situation, on hésitait à suivre les directives et à obéir aux ordres, ou on ne s'y résolvait qu'après d'interminables pourparlers qui faisaient perdre beaucoup de temps. L'appareil administratif de l'Empire Solaire ainsi que la Flotte étaient devenus des colosses inamovibles.

Le chauffeur conduisit son véhicule sur la plate-forme la plus proche, puis un rayon tracteur s'en empara et l'amena dans un box.

Marat, Adams et McKay entrèrent l'un après l'autre dans le puits antigrav et se laissèrent couler jusqu'à la sortie où ils débouchèrent sur un palier au sol couvert d'un tapis moelleux, à proximité de la Grande Salle Solaire.

McKay demeura interdit devant le nombre de robots de combat et de soldats de la division « Piotr Kosnov » postés à toutes les issues, dans les recoins des murs et près des escaliers de secours.

Tout ce déploiement de forces et de frais inquiétait Marat. Il avait le sentiment que cela ne ferait qu'amplifier le danger. La pensée des robots de combat lui fit même venir une sueur froide. Comment pouvait-on garantir qu'une personne non autorisée ne se soit pas approchée d'eux pour les reprogrammer à sa guise ? Une seule décharge de radiant au bon moment et au bon endroit pouvait abattre une cinquantaine d'administrateurs à la fois !

Puis il finit par découvrir les écussons des spécialistes cybernétiques du service secret et poussa un long soupir de soulagement. Les équipes de Mercant avaient très certainement contrôlé la programmation des robots, ce qui excluait tout danger.

Mais à quels autres risques encore était-on exposé ? Un grand nombre, se dit Marat. Et il était difficile de les éviter tous.

Involontairement, il se rapprocha du ministre des Finances. Sa mission à lui consistait à protéger Homer G. Adams. Des gardes du corps avaient certainement été attribués aussi aux autres hommes et femmes occupant des postes de responsabilité dans l'Empire.

Un robot-serveur non armé guida le ministre des Finances et ses deux accompagnateurs par une porte dérobée jusqu'à la « Salle des Administrateurs ». Ils arrivèrent dans la tribune en forme de conque réservée aux ministres de l'Empire, à leurs secrétaires et à leurs conseillers. Une sorte de vasque lumineuse de couleur bleu pâle semblait planer au milieu de la « conque ». Le temps qu'il avait passé dans l'armée avait appris à Marat qu'en réalité, cette vasque reposait sur une colonne antigrav transparente.

Les deux détectives prirent place de part et d'autre du ministre des Finances. De là, ils avaient une vue d'ensemble parfaite sur l'immense salle. Bien qu'ils aient eu plusieurs fois déjà dans le passé l'occasion de faire partie du groupe de protection rapprochée, la majesté de cette salle les impressionna une fois de plus.

Le centre de la coupole était occupé par la projection du Soleil. Quand la nuit envahissait Terrania, on « faisait venir » le Soleil grâce à de complexes systèmes de miroirs. L'effet produit par cette illumination dépassait l'imagination. En même temps, il rappelait aux mondes colonisés que tous leurs aïeux avaient vu le jour sous les rayons de cette étoile et donc que tous les hommes qui vivaient sur les planètes des systèmes solaires avaient une origine commune.

Les mille trente-neuf administrateurs des systèmes colonisés étaient déjà présents au grand complet, mis à part le président de la Terre, qui était en même temps le Stellarque du Système Solaire. Sa fonction le maintenait toujours à l'ombre de l'appareil gigantesque de l'Administration Centrale, car la Terre représentait en même temps le monde dirigeant de l'Empire.

Marat observa les blasons des systèmes indépendants suspendus le long des murs de la salle. Il distingua aussi les nombreuses plates-formes antigrav mobiles munies de gardes-fous depuis lesquelles les soldats lourdement armés de la division de surveillance « Piotr Kosnov » veillaient à la sécurité des administrateurs et des membres du gouvernement.

Un murmure courut dans la salle lorsque le Stellarque fit son apparition dans la vasque lumineuse au centre de la tribune. Il était accompagné d'Atlan l'Arkonide, du maréchal solaire Reginald Bull et de Saar Lun.

Marat était étonné de voir le Modul, qui pratiquement n'avait aucune fonction officielle, entrer dans la salle de conférences aux côtés de Rhodan. S'il avait connu plus en détails l'origine et les facultés exceptionnelles de Saar Lun, la présence de ce dernier lui aurait paru moins surprenante.

Le maréchal solaire Reginald Bull ouvrit la séance. Il lut les quelques modifications apportées à l'ordre du jour, présenta Saar Lun le Modul et annonça le compte rendu d'activité donné par le Stellarque.

Perry Rhodan s'approcha alors du micro. Invisibles pour les non initiés, les caméras des sociétés de télévision avaient été cachées dans les caissons voûtés du plafond. La Terravision assurait la transmission directe de la séance du parlement dans tous les pays de l'Empire.

Dès que le Stellarque prit la parole, un silence total se fit dans la salle. Jean-Pierre Marat, chargé avant tout de protéger le ministre des Finances, eut bien du mal à ne pas concentrer toute son attention sur l'orateur. Les administrateurs semblaient littéralement captivés par le rapport de Perry Rhodan. L'orateur s'appliquait à décrire d'une façon vivante les événements importants qui avaient secoué le cosmos, dans le style d'un roman plutôt que dans celui d'un rapport froid et sec, sans avoir recours aux phrases redondantes et aux jeux de mots inutiles qui sont en général l'apanage des discours de campagne électorale.

Rhodan évitait aussi avec grand soin tout débordement de sentimentalité ainsi que les excès de superlatifs particulièrement prisés à l'ère cosmique. Il parlait avec objectivité, réalisme et simplicitié. La tension venait du contenu du discours, plus que de la forme.

Lorsque le Stellarque se tut, un lourd silence pesa encore pendant quelques minutes sur la salle, jusqu'à ce que Reginald Bull vînt le briser en invitant les administrateurs à la discussion.

Il y eut tout d'abord quelques escarmouches orales sans grand intérêt, puis l'administrateur du système Yogul demanda la parole. Garviah présidait aux destinées d'un système comprenant trente-huit planètes, parmi lesquelles quatre seulement se prêtaient à une colonisation humaine. Le premier monde colonisé de ce système, Maharani, la planète principale du système de Yogul, passait pour être la plus riche du secteur des Pléiades, et surtout, les cinquante-quatre systèmes colonisés les plus proches s'en inspiraient dans la conduite de leur politique économique et financière. Jusqu'alors, on n'avait pu reprocher à l'administration du système de Yogul aucune infraction contre les principes d'autonomie de l'Empire.

L'administrateur Garviah était un homme grand et mince à la peau foncée et doté d'une épaisse toison de cheveux noirs. La forme de son crâne trahissait une grande intelligence, mais aussi une grande brutalité. Il parlait d'une voix calme et pondérée et accompagnait son discours d'un minimum de gestes, toujours à bon escient.

Jean-Pierre Marat sentit l'inquiétude monter en lui au fur et à mesure que Garviah parlait. Le Maharanien présentait des arguments qui semblaient d'une logique inattaquable. Il évitait de s'opposer ouvertement au rapport de Rhodan et renonçait à toute forme de polémique. Même Marat, qui avait appris à lire entre les lignes et à passer tous les raisonnements au crible d'une logique parfaitement intègre, ne pouvait réfuter tous les arguments présentés par Garviah. Le Marahanien mettait en doute avec beaucoup d'habileté et de force de conviction l'importance de la politique expansionniste poursuivie par Rhodan au nom de l'Empire. Il invita les autres administrateurs à se mobiliser également en faveur de la stabilisation intérieure et leur démontra qu'il valait sans doute mieux porter la prospérité sur tous les mondes, plutôt que dilapider l'argent des contribuables et les autres revenus de l'Empire pour assurer le contrôle d'Andromède.

Garviah salua son auditoire et descendit du podium. Aussitôt un violent débat s'ouvrit. La politique du Stellarque fut passée au crible, parfois avec passion, plus souvent avec réalisme. Reginald Bull, en sa qualité de président de l'Assemblée, dut intervenir à plusieurs reprises pour rappeler les parlementaires à l'ordre et à la discipline.

La séance fut interrompue au bout de cinq heures. Les administrateurs et leurs conseillers se précipitèrent sur les nombreux restaurants de luxe qui avoisinaient la salle de conférences afin de reprendre des forces.

Lorsque Rhodan quitta la tribune, son visage était soucieux. Il savait ce qui l'attendait après l'interruption de séance.

*
* *

Et ce qu'il attendait arriva.

Aussitôt après la reprise des débats, deux cent onze administrateurs déposèrent une motion de censure contre Perry Rhodan, dans le but de forcer le Stellarque à démissionner.

Les applaudissements nourris qui accueillirent spontanément cette proposition montra qu'une grande partie des autres administrateurs soutenait cette motion.

Les jours de Perry Rhodan en tant que Stellarque semblaient comptés.

Mais il s'y attendait et avait préparé sa riposte.

Il reprit la parole et parla d'événements qui jusqu'alors faisaient partie du top secret le plus strict. Il raconta brièvement son aventure dans le passé, décrivit le monde et l'Empire des premiers hommes, les Lémuriens, et leur défaite dans la lutte contre les Halutiens. Il ne passa même pas sous silence la supériorité scientifique et technique des Maîtres Insulaires, face auxquels la puissance de l'Empire Solaire était encore embryonnaire. Et il expliqua très clairement aux administrateurs l'origine de la crise de la monnaie solaire, le but poursuivi par l'adversaire, ajoutant qu'à partir de cet instant, l'Empire devait s'attendre à des attaques incessantes et toujours nouvelles, du moins tant que le pouvoir des Maîtres Insulaires n'aurait pas été brisé.

— Les ennemis sont parmi nous ! lança-t-il en guise de conclusion. Ils sèment la rébellion, la misère et le chaos. Certes, nous arriverons à surmonter la crise monétaire ; mais après elle viendra une autre crise, et ainsi de suite, jusqu'à ce que l'humanité finisse par périr définitivement dans une catastrophe de dimensions cosmiques.

Le seul moyen d'éviter cette catastrophe est de préserver l'unité de l'humanité et de tout mettre en œuvre dans ce but, tous domaines d'activités confondus, car il faut absolument arriver à détruire ce nid de vipères qui grouille dans Andromède si nous ne voulons pas sombrer corps et biens.

Quelques interpellateurs essayèrent de l'interrompre par leurs cris, mais il leur imposa silence en tapant violemment du poing sur le pupitre.

— Il va de soi que je ne suis pas infaillible. Il va de soi que j'ai fait des erreurs et que j'en ferai encore. Mais le problème ne se pose pas en termes de personne ; ce qui importe uniquement, c'est la participation active de chacun pour la sauvegarde de l'Empire. Au cas où vous connaîtriez quelqu'un qui puisse être plus utile à l'Empire de l'Humanité que moi, n'hésitez pas à me l'amener ! Je suis prêt à me retirer de mon plein gré !

— Garviah ! entendit-on crier çà et là.

Jean-Pierre Marat aperçut le sourire méprisant qui se jouait sur la physionomie de Reginald Bull. Il était évident que la plaidoirie de Rhodan avait mis le feu aux poudres.

Cinq minutes plus tard, le résultat du vote fut publié ; il était significatif : Le Parlement repoussa la motion de censure avec une majorité écrasante et confirma Perry Rhodan dans ses fonctions. Les applaudissements frénétiques qui secouèrent la salle saluaient la victoire du Stellarque. De sa place, Marat vit l'émotion se peindre sur le visage du vainqueur.

Lorsque le calme fut revenu dans la salle, Perry Rhodan se leva de nouveau pour remercier l'auditoire de la confiance qu'il lui avait renouvelée. Il ne manqua pas de remercier aussi Garviah et les autres orateurs opposés à sa politique et leur demanda de conserver vivant leur esprit de contestation pour le bien de tous.

Nouveaux applaudissements.

Le Stellarque attendit que le calme se réinstallât, et fit demi-tour pour regagner sa place.

Tout se passa alors tellement vite que Jean-Pierre Marat lui-même s'en rendit à peine compte.

Un éclair aveuglant tomba d'une des plates-formes antigrav basées sous le plafond de la salle. Dans le tonnerre de l'air surchauffé et du malmené se mêla un cri perçant.

Puis un éclair jaillit de bas en haut.

A ce moment-là, Marat comprit ce qui avait manqué lors du premier tir : le fracas infernal d'une décharge de radiant.

Quatre plates-formes antigrav tiraient sur la cinquième qui tombait vers le sol, entraînant sur son garde-fou un objet calciné.

Un tumulte indescriptible régnait dans la vaste salle. Tout le monde parlait et criait en même temps.

Puis la voix du Stellarque, amplifiée par les haut-parleurs, domina le vacarme et finit par rétablir le calme.

— Mesdames et messieurs ! — Aussitôt, il baissa le

ton de sa voix. — Je vous en prie, gardez votre sang-froid. Cet attentat n'a atteint personne, sauf son auteur.

D'un geste du bras impatient, il fit signe de s'éloigner aux soldats de la garde qui cherchaient à faire rempart autour de lui.

— Nous allons maintenant interrompre la séance. Je compte sur votre compréhension pour quitter la salle. Demain matin, à neuf heures, Mr Adams fera une analyse de la crise économique et financière et vous soumettra ses propositions pour la stabilisation provisoire de la vie économique de l'Empire.

Dès que j'aurai reçu des détails sur l'identité de l'auteur de cet attentat et sur ses mobiles, je vous les transmettrai. Mesdames et messieurs, je vous remercie !

D'un pas mesuré, il rejoignit le podium et d'un signe, il appela aussitôt les deux gardes du corps du ministre des Finances.

— Je vous attends dans mon bureau, messieurs. Je voudrais que vous soyez au courant de tous les détails des mesures que nous prenons pour juguler l'invasion de la fausse monnaie. En outre... — Sa voix se transforma en un murmure prudent — En votre qualité d'anciens membres de la Défense Galactique, j'exige de vous le secret absolu sur toute cette affaire vis-à-vis de n'importe quel tiers et vous demande de vous considérer comme des officiers de la Défense pendant toute la durée de votre mission.

*
* *

Perry Rhodan avait convoqué dans son bureau, outre les deux détectives, Atlan, Adams, Allan D. Mercant, John Marshall et Saar Lun. Il leur donna quelques détails inconnus jusqu'alors sur l'attentat.

— L'Emir, malheureusement absent aujourd'hui

parce qu'il est en mission spéciale, m'a averti à la dernière seconde de cet attentat imminent. Ses facultés de télépathie lui avaient permis de lire les idées de meurtre dans l'esprit du criminel. Cependant je serais probablement mort à l'heure qu'il est si Saar Lun n'avait pas vu sur mon visage que quelque chose clochait. Il s'est concentré de toutes ses forces et a absorbé l'impulsion radiante lancée par l'arme du crime. Le meurtrier n'a pas eu le temps de tirer une deuxième fois ; Atlan l'avait repéré et il l'a abattu. Mercant... A vous la parole !

Allan D. Mercant, chef de la Défense Galactique, se passa la main dans les cheveux et fit son rapport d'une voix neutre.

— Pour le moment, on procède à l'interrogatoire de tous les soldats de la division de surveillance qui étaient en service dans la salle de conférences. Mais nous connaissons déjà l'identité du meurtrier. Il s'agit d'un certain lieutenant Oborov, un homme de toute confiance qui a déjà prouvé à plusieurs reprises sa fidélité à l'Empire. Jamais le lieutenant Oborov n'aurait tiré sur le Stellarque !

Mercant se tut, comme s'il s'attendait à voir des visages ahuris autour de lui. Il en fut pour ses frais.

— Bon ! reprit-il. Vous avez sans doute une idée de ce qu'il s'est passé. L'auteur de l'attentat était très probablement un doublon du vrai lieutenant Oborov.

Perry Rhodan acquiesça de la tête et se pencha légèrement en avant.

— Je pense que vous comprenez tous, messieurs, ce que cela signifie ! Ce ne sont pas seulement les hautes personnalités qui sont en danger, voire déjà « échangées », mais bien tout le monde. Cette découverte annonce le début d'une nouvelle phase de la lutte menée par les services secrets.

Il se cala contre le dossier de son fauteuil et tourna la tête vers Marat et McKay. Puis son regard se fixa de nouveau sur le chef de la Défense Galactique.

— Jusqu'à présent, nous n'avons perdu que quelques points dans cette guerre. Mais vous savez tous que même les meilleurs services secrets — et j'entends par là ceux des Maîtres Insulaires — font un jour ou l'autre une erreur qui leur coûte cher. Ce que j'attends de vous, c'est que vous perceviez cette erreur au moment même où elle sera commise et que vous interveniez aussitôt.

Tous les hommes présents approuvèrent d'un signe de tête, sans un mot.

Rhodan eut un sourire amer.

— A partir de maintenant, messieurs, c'est à nous de jouer. Et je suis certain que nos chances augmenteront énormément dès que nous passerons à l'offensive, au lieu de nous cantonner dans la défensive !

Jean-Pierre Marat ferma les yeux. Une pensée venait de lui traverser l'esprit, une pensée dont la réalisation pouvait les rapprocher de leur but.

— Commandant ! dit-il d'une voix étouffée. Je propose que vous ordonniez un renforcement de l'activité de détection dans l'espace qui entoure la Terre...

Adams éclata d'un rire strident.

— Il croit que les Maîtres Insulaires arrivent avec leur flotte !

— Vous savez très bien que c'est faux, monsieur ! riposta Marat furieux. Non, ce ne sont pas des vaisseaux spatiaux que j'attends, mais des impulsions en provenance de la cinquième dimension, celles que génèrent des transmetteurs en activité !

Perry Rhodan se leva.

— Ce que vous venez de dire exprime une hypothèse monstrueuse, major Marat. Mais je crois qu'elle est exacte. — Il afficha un triste sourire. — Autrement dit, le combat sera encore plus rude qu'il n'y paraissait jusqu'à présent.

FIN

*Achevé d'imprimer en novembre 1997
sur les presses de Cox & Wyman Ltd
(Angleterre)*

**FLEUVE NOIR – 12, avenue d'Italie
75627 PARIS – CEDEX 13.
Tel: 01.44.16.05.00**

Dépôt légal : décembre 1997
Imprimé en Angleterre